Brave Mädchen morden anders

W0052328

ECON Krimi

Mary Higgins Clark ist eine Krimiautorin von Weltruf. Alle ihre Romane erreichen auf Anhieb die internationalen Bestsellerlisten. Darüber hinaus ist sie Vorsitzende der Vereinigung Mystery Writers of America. Bei ECON ist bereits ihre Krimisammlung „Trautes Heim, Mord allein" (TB 25090) erschienen.

Mary Higgins Clark (Zg.)

Brave Mädchen morden anders

Krimigeschichten von Sara Paretsky, P. D. James und vielen anderen

ECON Taschenbuch Verlag

Veröffentlicht im ECON Taschenbuch Verlag

Der ECON Taschenbuch Verlag
ist ein Unternehmen der ECON & List Verlagsgesellschaft

Deutsche Erstausgabe

© 1997 by ECON Verlag GmbH, Düsseldorf und München

Introduction © 1995 by Mary Higgins Clark, Compilation © 1995 by
Byron Press Visual Publ., Inc.
First published by Bulliver Books
Titel des amerikanischen Originals: Bad Behavior
Übersetzernachweis am Ende jeder Geschichte
Umschlaggestaltung: Init GmbH, Bielefeld
Titelabbildung: Reiner Tintel, Bielefeld
Lektorat: Reinhard Rohn
Gesetzt aus der NewBaskerville-Roman und der Helvetica-NeueCon-
densed
Satz: Graphische Werkstätten Lehne GmbH, Grevenbroich
Druck und Bindearbeiten: Elsnerdruck, Berlin
Printed in Germany
ISBN 3-612-25193-7

Inhalt

Mary Higgins Clark
Die Fahrt in einer Achterbahn – eine Einladung

Als ich noch ein kleines Kind war, lauteten die aufregendsten Worte meiner Sprache: „Es war einmal . . ." Immer wenn ich diese Worte hörte, schmiegte ich mich an den Erzähler und wartete darauf, zu Schlössern mit magischen Gärten oder zu tiefen, dunklen Höhlen gezaubert zu werden, wo böse Riesen hausten.

Als ich heranwuchs, nahmen für mich Kriminalgeschichten den Platz der Märchen ein. Ich verbrachte wunderbare Stunden, in denen ich mich vollkommen zurückzog; dann zitterte ich, weil eine Geliebte verraten wurde, weil jemand geheimnisvoll durch die Dunkelheit lief oder weil Schreie durch ein leeres Haus gellten. Je mehr ich las, desto mehr schärfte die Lektüre meinen Blick. Bald begriff ich, daß bestimmte Figuren in mir blieben, auch wenn ich ihre Geschichte schon vor langer Zeit gelesen hatte. Ich begann auch zu erkennen, daß einige Kriminalschriftsteller eine Klasse für sich sind: Die Geschehnisse, die sie sich ausdenken, sind brillant und einzigartig, und die Schauplätze, die sie heraufbeschwören, sind höchst lebendig und eindringlich gestaltet. Sie ließen mich die Gefahr förmlich spüren; ich wollte selbst den Detektiv bedrängen, schneller zu ermitteln, und das vermeintliche Opfer anflehen, doch mit größter Vorsicht zu agieren. Das ist überhaupt das Wesen allen Erzählens: den Leser (oder Zuhörer) so lebendig in eine Geschichte hineinführen, daß er tatsächlich in ihr ist, nicht als teilnahmsloser Zuschauer, sondern als Beteiligter in einem Abenteuer, das sich vor seinen Augen abspielt.

Als ich zum erstenmal einen Schreibkurs besuchte, erhielt ich gleich in der ersten Stunde den besten Ratschlag, den ein junger Schriftsteller erhalten kann. Unser Lehrer sagte uns: „Nehmt ein Ereignis, das euch selbst in den Bann zieht, und stellt euch zwei Fragen: *Gesetzt den Fall, daß . . .? Was wäre, wenn . . .?* Dann macht ihr aus diesem Ereignis eine Geschichte."

Ich folge diesem Ratschlag seit mehr Jahren, als ich überhaupt zählen möchte. Aber als ich anfing, Kriminalgeschichten zu schreiben, fügte ich eine andere Frage hinzu: *Warum?* Ich glaube, worum auch immer es in einer Kriminalgeschichte geht, muß die Frage nach dem *Warum* zufriedenstellend beantwortet werden. Vier Menschen mögen gute Gründe haben, ein Verbrechen zu begehen, aber nur einer von ihnen wird die Grenze überschreiten und die Tat auch wirklich ausführen. *Warum* war das Motiv des einen Täters oder der Täterin stärker?

Ich war stets der Überzeugung, daß man das Lesen einer Kriminalgeschichte mit der Fahrt in einer Achterbahn vergleichen kann: Das Herz beginnt schon zu schlagen, wenn man das Ticket kauft. Man ist vol-

ler Angst, wenn der Wagen die erste Steigung hinauf-
rattert. Dann atmet man vor Aufregung schneller,
wenn es abwärts geht, mit Schwung hinein in die ge-
fährliche Haarnadelkurve. Eine wunderbare Angst
nimmt von einem Besitz. Und dann, wenn die Brem-
sen einsetzen, wenn der Wagen langsamer wird,
wenn man gesund und sicher an seinen Ausgangs-
punkt zurückkehrt, spürt man dann nicht das tiefe
Gefühl der Erleichterung?

Wenn der Leser eine gute Kriminalgeschichte vor
sich hat, macht er ähnliche Erfahrungen. Es beginnt mit einer düsteren Vorahnung. Man ist von
Anfang an beteiligt. Man ist die Hauptfigur, denn
man weiß mehr als der Detektiv. Man hat Angst um
das Opfer, und man teilt alle Gefühle der Angst und
Panik. Und wenn es sich um eine besonders gute
Geschichte handelt, dann fängt man an, in der
Nacht in seinem eigenen Haus Geräusche zu hören
– das Knarren der Treppe, den Wind, der ums Haus
heilt, und ein Knistern im Ofen. Ist die Geschichte
dann zu einem glücklichen Ende gekommen, spürt
man eine Erleichterung, die einer echten Katharsis
gleicht.

Manchmal baut sich eine Geschichte ganz langsam auf, wie ein Feuer, das im Keller ausbricht und
sich stetig über die Wände und Decken des Hauses
ausbreitet, bis der furchtbare Augenblick eintritt,
an dem ein Inferno entstanden ist, aus dem es keinen Ausweg mehr gibt. Einige Geschichten in dieser Sammlung sind solcher Art: Langsam staut sich
Zorn auf, wird eine Zeitlang scheinbar ignoriert

und beiseite geschoben, bis er sich schließlich gewaltsam entlädt.

Manche Geschichten sind auch Erkundungen in die – nicht nur weibliche – Psyche. Die menschliche Psyche war zu allen Zeiten ein höchst fruchtbares Terrain für Krimiautoren. P. D. James etwa behandelt in ihrer Geschichte, auf welch seltsame Art und Weise der menschliche Verstand unter unerträglichem Streß arbeitet und mit welchen Tricks er einem Trauma zu begegnen sucht.

Die Beziehungen zwischen den einzelnen Familienmitgliedern bieten stets reichhaltigen Stoff, aus dem Krimis gemacht werden, und auch auf diesen Seiten finden sich einige herausragende Stories, in denen sich Liebe in Haß verwandelt oder die eine Wahrheit eine andere entlarvt. Aber auch die Einsamkeit der Menschen kann das Motiv für einen Mord liefern. Die Figuren und Probleme mögen sich unterscheiden – von der jungen Familie, die nach Schutz und Obdach sucht wie in Christianna Brands Geschichte „Gott segne dieses Haus", bis zu dem Ausreißer bei Sara Paretsky, für den es nichts Wichtigeres als Freiheit gibt –, aber immer steht die Familie im Mittelpunkt des Erzählens.

Da sie meisterhafte Erzähler sind, die es raffiniert verstehen, Handlungsfäden zu verknüpfen, wissen die Autoren dieses Bandes um die Schwächen der menschlichen Natur. Alle elf Schriftsteller bereichern mit ihren Beiträgen die Welt des Krimis. Ich bin davon überzeugt, daß alle Freunde dieses Genres ihr Vergnügen an den Geschichten haben wer-

den. Aber auch jene Leser, für die der Krimi neu ist,
werden fasziniert und in seinen Bann gezogen werden.

Originaltitel: Introduction
Deutsch von Reinhard Rohn

P. D. James

Das Mädchen, das Friedhöfe liebte

Sie besaß keinerlei Erinnerung mehr an den Tag im heißen August 1956, als man sie in das kleine East Londoner Haus in der Alma Terrace 49 gebracht hatte, damit sie dort bei Tante Gladys und Onkel Victor lebte. Sie wußte, daß es drei Tage nach ihrem zehnten Geburtstag gewesen war und daß sich nun, da ihr Vater und ihre Großmutter tot waren, binnen einer Woche von der Grippe dahingerafft, ihre einzigen lebenden Verwandten um sie hatten kümmern wollen. Aber das waren nur Fakten, die ihr irgendwann jemand knapp berichtet hatte. Für sie begannen Kindheit und früheste Erinnerungen unmittelbar nach ihrem ersten Erwachen in dem kleinen, ungewohnten Schlafraum, als sie, während der kleine Kater namens Sambo noch immer auf einem Handtuch am Fußende ihres Bettes zusammengerollt schlief, barfuß zum Fenster gegangen war und den Vorhang zurückgezogen hatte.

Und dort lag er, der Friedhof, leuchtend und geheimnisvoll im frühen Morgenlicht, begrenzt von einem schmiedeeisernen Zaun und von der Rückseite der Alma Terrace nur durch einen schmalen Weg getrennt. Auch dieser Tag versprach warm zu werden, und über den dichten Reihen von Grabsteinen lag

14

flacher Nebel, aus dem nur gelegentlich ein Obelisk und die Flügelspitzen der Marmorengel hervorragten, deren körperlose Köpfe auf leuchtenden Lichtpartikeln zu schweben schienen. Und während sie noch gebannt und verzaubert zusah, begann der Nebel sich zu lichten, und der ganze Friedhof bot sich ihr dar, ein Wunder aus Stein und Marmor, leuchtendem Gras und sommerschweren Bäumen, blumenbedeckten Gräbern und Kreuzwegen, die sich erstreckten, so weit das Auge reichte. In der Ferne konnte sie gerade noch die Spitze der viktorianischen Kapelle ausmachen, die aufleuchtete wie der Turm eines Zauberschlosses aus einem längst vergessenen Märchen. In diesen Augenblicken des wachsenden Staunens fiel ihr auf, daß sie vor Freude erbebte, eine so ungewohnte Empfindung, daß sie wie ein Schmerz durch ihren Körper fuhr. Und da war es, an diesem ersten Morgen ihres neuen Lebens, als die Vergangenheit ein Nichts war und die Zukunft unbekannt und einschüchternd, daß sie sich den Friedhof zu eigen machte. Ihre gesamte Kindheit und Jugend hindurch sollte er ein Ort der Freude und der Rätsel bleiben, ihre Wohnung und ihr Trost.

Es war eine Kindheit ohne Liebe und beinahe ohne Zärtlichkeit. Ihr Onkel Victor war der ältere Halbbruder ihres Vaters, auch das war ihr erzählt worden. Er und ihre Tante waren nicht wirklich mit ihr verwandt. Ihr kleines Maß an Liebe brauchten sie füreinander auf, und selbst da war es weniger ein wohltuendes Gefühl als vielmehr ein Pakt der gegenseitigen Hilfe und Tröstung angesichts der bedrohlichen

Welt draußen vor den schmucken Vorhängen ihres kleinen, erstickend engen Wohnzimmers.

Aber die beiden sorgten ebenso pflichtgetreu für sie, wie sie für den Kater Sambo sorgte. Daß sie Sambo innig liebte, ihren kleinen, bei der Ankunft mitgebrachten Kater, der ihr einziges Bindeglied zur Vergangenheit war und fast schon ihr gesamter Besitz, war ein Märchen. Nur sie allein wußte, daß sie ihn nicht mochte und sogar fürchtete. Aber sie bürstete und fütterte ihn mit jener bedächtigen Sorgfalt, mit der sie alles tat, und er dankte es ihr mit sklavischer Ergebenheit und wich kaum je von ihrer Seite, folgte ihr über den Friedhof und machte erst am Haupttor kehrt. Aber ihr Freund war er nicht. Er hatte sie nicht lieb und wußte auch, daß sie ihn nicht liebhatte. Ein Mitverschwörer war er, der sie aus seinen Schlitzen azurblauen Lichtes ansah und ein geheimes Wissen mit ihr teilte. Er fraß enorme Mengen, aber dick wurde er nicht. Statt dessen ging sein schmaler, schwarzer Leib in die Länge, bis er, beim Sonnenbaden auf ihrem Fensterbrett ausgestreckt und die feine Nase zum Friedhof gewandt, so unheilvoll und fremdartig aussah wie ein behaartes Reptil.

Zu ihrem Glück führte von der Alma Terrace ein Seitentor auf den Friedhof, so daß sie ihren Schulweg durch die Gräber abkürzen und den Gefahren der Hauptstraße ausweichen konnte. An ihrem ersten Morgen hatte ihr Onkel zweifelnd gesagt: „Soll sie mal ruhig machen. Obwohl's mir irgendwie falsch vorkommt, wenn ein Kind jeden Tag an den Toten vorbeispaziert."

16

Ihre Tante hatte geantwortet: „Die Toten können nicht aus ihren Gräbern steigen. Sie liegen leise da. Vor denen ist sie sicher genug."

Ihre Stimme war unnatürlich schroff und laut gewesen. Die Worte hatten anmaßend geklungen, fast schon herausfordernd. Aber ihre Tante hatte recht. Sie fühlte sich sicher bei den Toten, sicher und aufgehoben.

Die Jahre in der Alma Terrace zogen vorbei, fade und gesichtslos wie der Pudding ihrer Tante, eher eine Empfindung als ein Geschmack. War sie glücklich gewesen? Sich das zu fragen war ihr nie in den Sinn gekommen. In der Schule war sie nicht unbeliebt, da sie weder hübsch noch intelligent genug war, um bei Mitschülern oder Lehrkörper Aufmerksamkeit zu erregen; ein Durchschnittskind, dessen Waisenstatus das einzig Besondere war, aber selbst aus diesem gefühlsmäßigen Vorteil vermochte sie kein Kapital zu schlagen. Sie hätte Freunde finden können, stille und wenig unternehmungslustige Kinder, in ihrer Mittelmäßigkeit ebenso harmlos wie sie. Aber deren kleine Annäherungsversuche scheiterten an ihrer Selbstgenügsamkeit, ihrem leeren, achtlosen Blick und der mangelnden Bereitschaft, selbst in einer ganz gewöhnlichen Freundschaft irgend etwas von sich selbst zu geben. Sie brauchte keine Freunde. Sie hatte den Friedhof und seine Bewohner.

Sie hatte ihre Favoriten. Von ihnen wußte sie alles, wann sie gestorben waren, in welchem Alter und manchmal sogar auf welche Weise. Sie kannte ihre Namen und lernte ihre Inschriften auswendig. Diese

Reihen von geliebten Frauen und Müttern, angesehenen Geschäftsleuten, beklagten Vätern und zutiefst betrauerten Kindern kamen ihr wirklicher vor als die Lebenden. Neue Gräber interessierten sie kaum, obwohl sie die Begräbnisse aus der Ferne beobachtete und später heranschlich, um die Schleifen zu lesen. Aber was sie am meisten mochte, waren die alten vernachlässigten Erdhaufen und abgebröckelten Steine, die schiefen Kreuze und die eingeschnittenen Worte, welche die Zeit fast schon ausgelöscht hatte. Um die Namen der längst Verstorbenen herum dachte sie sich ihre kindlichen Geschichten aus.

Selbst die Jahreszeiten erfuhr sie auf dem Friedhof und durch den Friedhof. Die ersten Krokusse, deren gelbe und purpurne Speere die harte Erde durchstießen. April mit seinen hin- und herschwankenden Narzissen. Der ganze Friedhof *en fête* in Gelb und Weiß, wenn die Trauernden die Gräber für Ostern schmückten. Im Hochsommer der Geruch gemähten Grases und eine erdige Schärfe, als atmeten die Toten den Duft der Blumen ein und ihr eigenes mysteriöses Miasma aus. Das blendende Sonnenlicht auf Stein und Marmor, wenn die alten Frauen in ihren fleckigen Baumwollkleidern zum Hahn hinter der Kapelle schlurften, um ihre Vasen zu füllen. Sie sah zu, wie der erste Schnee des Winters den Friedhof verwandelte und den Marmorengeln groteske, glitzernde Kappen aufsetzte. Von ihrem Fenster aus hielt sie nach dem Tauwetter Ausschau, um den Moment abzupassen, wenn der Schnee ins Rutschen geraten und die Statuen wieder sie selbst sein würden.

Einmal nur hatte sie nach ihrem Vater gefragt und gleich begriffen, wie Kinder es oft tun, daß dies ein Thema war, über das man besser nicht redete, aus welchen merkwürdigen Erwachsenengründen auch immer. Sie hatte am Küchentisch über ihren Hausaufgaben gesessen, während ihre Tante eifrig das Abendessen kochte. Von ihrem Geschichtsbuch aufblickend, hatte sie gefragt: „Wo liegt Daddy begraben?"

Die Bratpfanne war gegen den Herd gescheppert. Der Bratenwender hinuntergefallen. Ihre Tante hatte lange gebraucht, um ihn aufzuheben und zu waschen, um das Fett vom Boden zu entfernen. „Wo liegt Daddy begraben?" hatte sie noch einmal gefragt.

„Oben im Norden. In Creedon, bei Nottingham, zusammen mit Mum und Oma. Wo denn sonst?"

„Kann ich dorthin gehen? Kann ich ihn besuchen?"

„Vielleicht, wenn du älter bist. Ist sinnlos, an Gräbern herumzuhängen. Die Toten sind längst weg."

„Wer paßt auf sie auf?"

„Auf die Gräber? Die Leute vom Friedhof. Nun mach dich wieder an deine Hausaufgaben, Kind. Ich brauch' den Tisch für's Abendessen."

Nach ihrer Mutter hatte sie nicht gefragt, der Mutter, die bei ihrer Geburt gestorben war. Daß sie sich immer im Stich gelassen gefühlt hatte, war eine Quelle geheimer Schuld. „Du hast deine Mutter umgebracht." Diese Worte hatte irgendwann jemand zu ihr gesagt, ihr diese Bürde auferlegt. Sie vermied es,

an ihre Mutter zu denken. Ihr Vater jedoch war bei
ihr geblieben; er hatte sie liebgehabt und nicht sterben und sie zurücklassen wollen. Eines Tages würde
sie sein Grab finden, heimlich. Sie würde es besuchen, nicht nur einmal, sondern jede Woche. Sie
würde es pflegen und darauf Blumen pflanzen und
das Gras schneiden wie die alten Damen auf dem
Friedhof. Und wenn es keinen Stein hatte, dann würde sie einen kaufen, kein Kreuz, sondern einen
schimmernden Obelisken, den größten auf dem ganzen Friedhof, mit seinem Namen und einer Grab-
schrift darauf, die sie aussuchen würde. Sie würde
warten müssen, bis sie alt genug war, bis sie mit der
Schule aufhören und arbeiten gehen und genug zu-
sammensparen konnte. Aber eines Tages würde sie
ihren Vater finden. Dann hätte sie selbst ein Grab,
das sie besuchen und pflegen konnte. Es war eine
Liebesschuld, die beglichen werden mußte.

Vier Jahre nach ihrer Ankunft in der Alma Terrace kam der einzige Bruder ihrer Tante aus Australi-
en zu Besuch. Körperlich ähnelte er seiner Schwester, sie waren beide stämmig und kurzbeinig und
hatten die gleichen kleinen Augen im breiten Gesicht. Nur besaß Onkel Ned ein unbekümmertes
Auftreten, eine herzliche Ausgelassenheit, die der
unsicheren Reserviertheit ihrer Tante so fremd war,
daß man kaum glauben wollte, daß sie Geschwister
waren. Mit seiner knarrenden, ungewohnten Redeweise war er für die zwei Wochen seines Besuches
der Herr im Haus. Es gab ungewohnte Ausflüge,
Abendessen im West End, den Besuch eines Wind-

hundrennens, eine Show im Earl's Court. Er war nett zu ihr, bedachte sie reichlich mit Taschengeld, ging sogar eines Morgens mit ihr über den Friedhof, um seine Rennzeitung zu kaufen. Und als sie dann zur Abendbrotzeit leise die Treppe hinunterging, da vernahm sie zusammenhangslose Gesprächsfetzen, Erwachsenengerede, das sie damals nicht verstand, aber für immer im Gedächtnis behielt.

Zuerst der dröhnende Baß ihres Onkels: „Wißt ihr, wir haben uns zusammen diesen Grabstein angesehen. Geliebter Ehemann und Vater. Plötzlich von uns gegangen am 14. März 1892. So etwa. Marmorbrocken, zerbrochene Urne, ein verdammt großer Engel zeigt nach oben. Ihr wißt schon. Da dreht die Kleine sich zu mir um. ‚Daddy ist auch plötzlich gestorben', sagt sie. Kommt so ruhig damit raus, ruhiger geht's nicht mehr. Also was in Gottes Namen hat sie das sagen lassen? Ich meine, warum denn? Herrgott, ich bin richtig erschreckt, das könnt ihr glauben. Ich wußte gar nicht, wo ich hinsehen sollte. Und dann noch die Stelle, auf einem verdammten Friedhof. Also eines hättet ihr in Sydney auf jeden Fall. Eine bessere Aussicht, das kann ich euch versprechen."

Sie schlich näher und versuchte vergeblich, die undeutlich gemurmelte Erwiderung ihrer Tante zu verstehen.

Dann kam wieder die Stimme ihres Onkels: „Diese Hexe hat ihm doch nie verziehen, daß er Helen geschwängert hat. War doch keiner gut genug für ihre heißgeliebte einzige Tochter. Und als Helen dann starb bei der Geburt, gab sie ihm dafür auch noch die Schuld. Armer Kerl, hat ihm wirklich einigen Ärger eingehandelt, sich in dieses Mädchen zu verknallen. Zu weich, zu romantisch. Das war schon immer Martins Problem.‘‘

Wieder nicht unterscheidbares Stimmengemurmel, Schritte, als ihre Tante vom Tisch zum Herd ging, das Kratzen von Stuhlbeinen. Dann wieder die Stimme von Onkel Ned.

„Ist doch seltsam, das Kind, oder? Altmodisch. Morbid, könnte man sagen. Sie scheint auf diesem Knochenacker zu wohnen, sie und dieser verfluchte Kater. Und daß sie ihrem Vater so ähnlich sieht. Herrgott, das hat mich umgehauen, ich sag's euch. Schaut sie mich doch mit seinen Augen an und platzt dann los: ‚Daddy ist auch plötzlich gestorben.‘ Na, plötzlicher geht's kaum! Grippe? Was soll's, so lange man damit durchkommt, kann man's auch so nennen. Hilft wahrscheinlich, so einen normalen Namen dafür zu haben. Da fragen die Leute nicht weiter. Wie lange ist es jetzt her? Vier Jahre? Kommt mir länger vor.‘‘

Nur ein Punkt dieses zur Hälfte unverständlichen Gespräches hatte sie beunruhigt. Onkel Ned wollte, daß sie mit ihm nach Australien gingen. Dann wäre die Alma Terrace weit weg, und sie würde den Friedhof nie wiedersehen, würde vielleicht jahrelang warten müssen, bis sie genug Geld zusammenhatte, um nach England zurückkehren und das Grab ihres Vaters suchen zu können. Und wie sollte sie es dann regelmäßig aufsuchen, wie sollte sie es von der anderen

Seite der Welt aus hegen und pflegen können? Nach Onkel Neds Besuch brauchte es Monate, bis sie einen seiner seltenen Briefe mit der australischen Marke durch den Briefschlitz fallen sehen konnte, ohne daß ihr das Herz gefror.

Aber ihre Sorgen waren unbegründet. Es wurde Oktober 1966, bis die beiden England verließen, und sie gingen allein. Als sie ihr die Neuigkeiten eines Sonntagmorgens beim Frühstück eröffneten, wurde deutlich, daß sie nie auch nur daran gedacht hatten, sie mitzunehmen. Pflichtbewußt wie immer hatten sie ihren Entschluß aufgeschoben, bis sie mit der Schule fertig war und ihren Lebensunterhalt als Stenotypistin in einer örtlichen Immobilienfirma verdiente. Für ihre Zukunft war gesorgt. Die beiden hatten alles getan, was ihr Pflichtgefühl von ihnen verlangte. Zögernd und etwas verschämt rechtfertigten sie ihre Entscheidung, als ob es für ihre Pflegetochter eine Rolle spielte, ob sie fortgingen oder nicht. Tante Gladys' Arthritis wurde immer schlimmer, sie sehnten sich nach der Sonne, Onkel Ned war ihr einziger naher Verwandter, und jünger wurden sie schließlich auch nicht. Ihr Plan, über den sie monatelang hinter verschlossenen Türen gebrütet hatten, sah vor, für sechs Monate nach Sydney zu gehen und dann, wenn ihnen Australien zusagte, die Einwanderung zu beantragen. Das Haus in der Alma Terrace sollte die Flugkosten einbringen. Es stand bereits zum Verkauf. Aber die beiden hatten Vorkehrungen für sie getroffen. Als sie erfuhr, was arrangiert worden war, mußte sie das Gesicht tief über den

Teller neigen, für den Fall, daß ihr die Freude anzusehen war. Mrs. Morgan von drei Häusern weiter würde sie gern zur Miete wohnen lassen, wenn es sie nicht störte, das kleine Schlafzimmer nach hinten hinaus zu bekommen, über dem Friedhof. Die Erleichterung brandete über sie hinweg, daß sie die nachfolgenden Worte ihrer Tante kaum hörte. Da sei noch ein kleines Problem. Mrs. Morgan hätte bekanntermaßen etwas gegen Katzen. Sambo würde eingeschläfert werden müssen.

Die beiden waren kaum von Heathrow abgeflogen, da begann sie mit dem Umzug. Am Nachmittag waren ihre beiden Koffer, in die ihr gesamter Besitz hineinpaßte, gepackt. Die wenigen amtlichen Belege ihrer Existenz verstaute sie sorgfältig in der Handtasche: Geburtsurkunde, Krankenversicherungskarte, das Postsparbuch mit den 103 Pfund, die sie sich mühsam für das Grab ihres Vater abgespart hatte. Gleich am nächsten Tag wollte sie mit ihrer Suche beginnen. Zunächst jedoch brachte sie Sambo zum Tierarzt, damit er eingeschläfert wurde. Sie fügte zwei passende Kartons zu einer Transportkiste zusammen, drückte Luftlöcher hinein und setzte sich dann geduldig in das Wartezimmer, die Kiste zu ihren Füßen. Der Kater gab keinen Laut von sich, und diese stille Resignation rührte sie, rief zum ersten Mal eine Woge von Mitleid und Zuneigung hervor. Aber sie konnte nichts tun, um ihn zu retten. Das wußten sie beide. Er hatte schließlich immer gewußt, was sie dachte, was hinter ihnen lag und was kommen würde. Da war etwas, das sie teilten, ein Wissen, eine gemeinsame Erfahrung, an die sie sich nicht erinnern und die er nicht mitteilen konnte. Mit seinem Tode würde selbst diese vage Verbindung zu den ersten zehn Jahren ihres Lebens endgültig abbrechen.

Als sie an der Reihe war, sagte sie: „Ich möchte ihn einschläfern lassen."

Der Tierarzt ließ seine starken, erfahrenen Hände über das glatte Fell wandern. „Sind Sie sicher? Er sieht immer noch sehr gesund aus. Alt ist er natürlich, aber es geht ihm bemerkenswert gut."

„Ich bin sicher. Ich möchte ihn einschläfern lassen."

Und damit ließ sie ihn ohne ein weiteres Wort oder einen Abschiedsblick zurück.

Sie hatte sich darauf gefreut, nicht mehr so tun zu müssen, als ob sie ihn liebte, nicht mehr in seine anklagenden Schlitzaugen sehen zu müssen. Aber als sie in die Alma Terrace zurückkehrte, mußte sie feststellen, daß sie weinte; wie Regen strömten ihr die ungebetenen und nicht zu unterdrückenden Tränen die Wangen hinab.

Eine Woche freizubekommen war nicht weiter schwer. Sie war sparsam mit ihren Urlaubstagen umgegangen. Ihre Arbeit war wie immer auf dem neuesten Stand. Sie hatte ausgerechnet, wieviel Geld sie für ihre Bahn- und Busfahrkarten und die Übernachtung in preiswerten Hotels brauchen würde. Ihre Pläne waren gemacht. Seit Jahren schon. Sie würde ihre Suche bei der Adresse auf ihrer Geburtsurkunde beginnen, Cranstoun House, Creedon, Nottingham, dem Haus ihrer Geburt. Die gegenwärtigen Bewohner erinnerten sich vielleicht noch an ihren Vater und sie. Wenn nicht, dann würde es Nachbarn geben oder ältere Dorfbewohner, die sich an seinen Tod noch erinnern konnten und wußten, wo er begraben lag. Schlug das fehl, würde sie es mit den Unternehmern am Ort versuchen. Es war schließlich erst zehn Jahre her. Irgend jemand dort mußte sich doch erinnern. Irgendwo in Nottingham mußte doch eine Liste der Beisetzungen existieren. Sie erzählte Mrs. Morgan, daß sie für eine Woche in der alten Heimat ihres Vaters Urlaub machte, packte eine Reisetasche mit Nachtutensilien, und am nächsten Morgen nahm sie den erstmöglichen Schnellzug von St. Pancras nach Nottingham.

Es war auf der Busfahrt von Nottingham nach Creedon, daß sie die ersten Anflüge von Angst und Unbehagen verspürte. Bis dorthin war sie ruhig und zuversichtlich gewesen, seltsam unaufgeregt, als ob diese lang vorbereitete Reise ebenso selbstverständlich und zwangsläufig kam wie der tägliche Gang zur Arbeit, eine unausweichliche Wallfahrt, die von dem Augenblick an festgestanden hatte, als ein barfüßiges Mädchen im weißen Nachthemd die Schlafzimmervorhänge zurückgezogen und unter sich sein Königreich ausgebreitet gesehen hatte. Nun jedoch änderte ihre Stimmung sich. Während der schlingernden Busfahrt durch die Vorstädte rutschte sie auf ihrem Sitz herum, als bereitete die innere Unruhe ihr körperliche Beschwerden. Sie hatte grünes Land erwartet, kleine Kirchen, die hübsche, mit Eiben bewachsene Dorffriedhöfe bewachten. Solche Friedhöfe hatte sie im Urlaub besichtigt und fast so liebgewonnen wie ihren eigenen. In solcher geheiligten, nur von Vogellärm durchbrochenen Stille mußte ihr Vater liegen. Aber Nottingham hatte sich in den vergangenen zehn Jahren ausgedehnt, und Creedon war inzwischen kaum mehr als ein Vorort, der von der Stadt durch ein schmales Neubaugebiet voller greller Häuser, Tankstellen und Ladenreihen getrennt war. Nichts wollte ihr bekannt vorkommen, dabei wußte sie, daß sie diese Straße schon einmal entlanggefahren war, und zwar in Angst und Schmerz.

Als der Bus jedoch dreißig Minuten später in Creedon hielt, da wußte sie plötzlich, wo sie war. Das Dog and Whistle stand immer noch an der einen Ecke des staubigen, mistübersäten Dorfangers, mit demselben Wartehäuschen davor. Und beim Anblick der graffitibeschmierten Wände kehrte ihre Erinnerung so leicht zurück, als war nie etwas vergessen worden. Hier hatte ihr Vater sich immer von ihr verabschiedet, wenn wieder einer ihrer regelmäßigen Sonntagsbesuche bei ihrer Großmutter anstand. Hier würde deren ältlicher Koch sie abholen. Hier würde sie für ein letztes Winken zurückschauen und ihren Vater geduldig darauf warten sehen, daß der Bus seine Rückfahrt antrat. Hierher würde sie um halb sieben gebracht werden, damit er sie wieder abholte. Cranstoun House, dort wohnte ihre Großmutter. Sie selbst war dort geboren worden, aber ihr Zuhause war es nie gewesen.

Sie brauchte niemanden nach dem Weg zu fragen.

Und als sie fünf Minuten später gebannt vor Entsetzen zu dem Haus hinaufschaute, brauchte sie das mit einem schäbigen Vorhängeschloß versehene Tor nicht auf einen daraufgepinselten Namen abzusuchen. Es war ein gedrungener, dunkler Ziegelbau, der in absurder, weil fingierter Erhabenheit am Ende eines Kiesweges stand. Es war kleiner, als sie es jetzt in Erinnerung hatte, aber ein Hexenhaus war es noch immer. Wie hatte sie je diese verzierten, überhängenden Giebel vergessen können, das hohe, spitze Dach, die verschwiegenen Erkerfenster und das einzelne widerwärtige Türmchen am östlichen Ende? Am Tor war mit Draht das Schild eines Maklers befestigt, und das Haus stand eindeutig leer. Von der Eingangstür blätterte die Farbe ab, das Gras stand hoch, die Rhododendronbüsche waren zerzaust, und auf dem Kiesweg wucherten Unkrautbüschel. Hier gab es niemanden, der ihr den Weg zum Grab ihres Vaters weisen konnte. Trotzdem mußte sie es sich ansehen, mußte sie noch einmal durch diese einschüchternde Tür treten. Da war etwas, das dieses Haus wußte und ihr zu offenbaren hatte, etwas, das Sambo gewußt hatte. Dem nächsten Schritt war nicht auszuweichen. Sie mußte den Makler aufsuchen, um einen Besichtigungstermin zu bekommen.

Die Rückfahrt des Busses hatte sie verpaßt, und als der nächste in Nottingham ankam, war es drei vorbei. Seit dem frühen Morgen hatte sie nichts zu sich genommen, und inzwischen war sie zu aufgewühlt, um Hunger zu verspüren. Aber ihr war klar, daß der Tag lang werden würde und sie etwas essen mußte.

Sie betrat eine Imbißstube, erstand ein Käsetoast und einen Becher Kaffee und brachte widerwillig die nötigen Minuten auf, beides hinunterzubringen. Der Kaffee war heiß, schmeckte jedoch nach nichts. Geschmack wäre auf sie ohnehin verschwendet gewesen, aber als ihr die heiße Flüssigkeit in der Kehle brannte, merkte sie, wie dringend sie etwas zu trinken gebraucht hatte.

Das Mädchen an der Kasse konnte ihr den Weg zum Makler beschreiben. Sie nahm es als gutes Omen, daß das Büro nur zehn Minuten Fußweg entfernt war. Dort wurde sie von einem kantigen jungen Mann in einem übertrieben eleganten Nadelstreifenanzug empfangen, der sie mit einem geübten Blick auf ihren alten blauen Tweedmantel und die billige Reisetasche aus Kunstleder genau der Sorte Klient zuordnete, von der wenig zu erwarten war und der man noch weniger zu bieten brauchte. Trotzdem suchte er die Unterlagen für sie heraus, und seine Neugierde wuchs, als sie kaum einen Blick darauf warf und das Papier in ihre Tasche steckte. Wie sie es erwartet hatte, nahm er ihre Bitte um eine Besichtigung am selben Nachmittag höflich, aber nicht sonderlich begeistert auf. Da sie sich auskannte, wußte sie auch, warum. Das Haus war unbewohnt. Sie würde dorthin begleitet werden müssen. Mit ihrer anständigen, unauffälligen Erscheinung sah sie nicht im mindesten nach einer möglichen Käuferin aus. Und als er sich kurz entschuldigte, um einen Kollegen zu konsultieren, und anschließend erklärte, er würde sie sofort nach Creedon fahren können, wußte sie auch dafür den Grund. Im Büro war nicht allzuviel los, und es wurde Zeit, daß wieder einmal jemand nach dem Grundstück sah.

Während der Fahrt sprach keiner von beiden. Und als sie in Creedon ankamen und er auf den Weg zum Haus einbog, kehrten die dunklen Ahnungen wieder, die sie bei ihrem ersten Besuch beschlichen hatten, tiefer und stärker als zuvor. Denn nun war es nicht mehr nur die Erinnerung an altes Elend. Dies waren wiederauflebende Kindheitsnöte und -ängste, aber intensiviert durch eine furchtbare, erwachsene Vorahnung. Als der Makler seinen Morris auf dem Grasstreifen parkte, sah sie zu den blinden Fenstern hinauf und wurde augenblicklich von einem so heftigen Entsetzen gepackt, daß sie sich weder rühren noch etwas sagen konnte. Sie war sich des Mannes bewußt, der ihr die Autotür aufhielt, seines nach Bier riechenden Atems, seines Gesichtes, das so unangenehm nah herankam, als er sie mit gespielter Ruhe ansah. Sie wollte sagen, daß sie es sich anders überlegt hätte, daß das Haus überhaupt nicht das richtige für sie sei, daß sie es sich gar nicht mehr anzusehen bräuchte, daß sie im Wagen auf ihn warten würde. Aber sie zwang sich dazu, den warmen Sitz zu verlassen, und geriet unter dem herablassenden Blick des Maklers ins Stolpern, voller Selbstverachtung für ihr Ungeschick. Schweigend wartete sie, bis er das Vorhängeschloß entfernt hatte und das Tor aufschwang.

Gemeinsam gingen sie auf die Eingangstür zu, an den vernachlässigten Rasenflächen und den verwucherten Rhododendronbüschen vorbei. Und mit einem Mal gehörten die Schuhe, die neben ihr den Kies knirschen ließen, zu jemand anderem, und ihr wurde klar, daß sie mit ihrem Vater hier entlangging, wie sie es als Kind getan hatte. Sie brauchte nur die Hand auszustrecken, und er würde sie ergreifen. Der Mann neben ihr sagte etwas über das Haus, aber sie bekam es kaum mit. Das bedeutungslose Geplapper wurde leiser, und sie hörte eine andere Stimme, die ihres Vaters, hörte sie zum ersten Mal seit mehr als zehn Jahren.

„Es wäre nicht für immer, Schatz. Nur bis ich Arbeit gefunden habe. Und ich werde dich jeden Sonntag besuchen. Und nach dem Essen können wir ein bißchen spazierengehen, nur wir zwei. Oma hat es versprochen. Und ich kauf' dir einen kleinen Kater. Ich bringe ihn nächste Woche mit. Wenn er erst einmal da ist, hat Oma bestimmt nichts mehr dagegen. Einen schwarzen Kater. Du wolltest doch immer einen schwarzen Kater. Wie sollen wir ihn nennen? Kleiner, schwarzer Sambo? Er wird dich an mich erinnern. Und dann, wenn ich Arbeit gefunden habe, kann ich uns ein Häuschen mieten, und schon sind wir wieder zusammen. Ich werde auf dich aufpassen, mein Schatz. Wir werden beide aufeinander aufpassen."

Sie hielt den Blick gesenkt, aus Angst, erneut in diese verzweifelten Augen zu sehen, mit denen er sie angefleht hatte, Verständnis zu haben, ihm die Sache leichtzumachen, ihn dafür nicht zu verachten. Nun wußte sie, daß sie ihm hätte helfen müssen, ihm hätte sagen müssen, daß sie es verstand, daß es ihr nichts ausmachte, für einen Monat oder so bei Oma zu wohnen, daß alles in Ordnung kommen würde. Aber eine so erwachsene Antwort hatte sie nicht hinbekommen. Sie erinnerte sich an Tränen und wie sie sich verzweifelt an seinen Mantel geklammert hatte und an den alten Koch ihrer Großmutter, der sie mit verkniffenem Mund von ihm wegzog und hinauf ins Bett verfrachtete. Und die letzte Erinnerung war, ihrem Vater von ihrem Zimmer über der Veranda aus zuzusehen, wie er niedergeschlagen und mutlos zur Bushaltestelle hinunterstapfte.

Als sie die Eingangstür erreicht hatten, blickte sie auf. Da war dieses Fenster immer noch. Aber wie sollte es auch anders sein. Sie kannte jeden Raum in diesem düsteren Haus.

Der Garten war in das sanfte Licht der Oktobersonne getaucht, trotzdem wirkte die Diele kalt und dunkel. Die schwere Mahagonitreppe führte in eine Schwärze hinauf, die wie ein Leichentuch über ihnen hing. Der Makler tastete sich die Wand entlang zu einem Lichtschalter. Aber so lange wartete sie nicht. Sie ertastete den großen Messingtürknauf, den ihre Kinderhände kaum hatten umfassen können, und betrat, ohne sich geirrt zu haben, den Salon.

Der Raum roch anders. Damals hatte er nach Veilchen geduftet und nach einem Hauch Möbelpolitur. Nun roch es abgestanden hier und muffig. Zitternd, aber völlig ruhig stand sie in der Dunkelheit. Es kam ihr vor, als wäre sie durch eine Mauer der Angst getreten, wie ein Gefolterter, der hinter einer Mauer des Schmerzes einen gewissen Frieden fand. Eine Schulter streifte sie, als der Mann zum Fenster hinüberging und die schweren Vorhänge aufzog.

Er sagte: „Die letzten Besitzer haben es teilmöbliert hinterlassen. Sieht so besser aus. Man kriegt leichter Interessenten, wenn es bewohnt aussieht."

„Gibt es denn schon einen Interessenten?"

„Gerade nicht. Ist nicht jedermanns Sache. Bißchen groß für eine Familie von heute. Und dann der Mord. Zehn Jahre her, aber die Leute hier erzählen immer noch davon. Vier neue Besitzer hat das Haus seitdem gehabt, keiner ist lange geblieben. Das wirkt sich natürlich auf den Preis aus. Man kann den Mord ja schlecht geheimhalten."

Er sagte es mit ruhiger Nonchalance, ließ ihr Gesicht dabei aber nicht aus den Augen. Am leeren Kamin angelangt, lehnte er sich mit einem Arm auf den Sims und sah zu, wie sie sich wie in Trance durch den Raum bewegte.

Sie hörte sich fragen: „Welchen Mord?"

„Eine vierundsechzig Jahre alte Frau. Von ihrem Schwiegersohn erschlagen. Der hatte den Feuerhaken noch in der Hand, als der alte Koch von hinten aus der Küche kam. Könnte glatt einer von denen hiergewesen sein."

Er nickte zum Kamingitter hinab, an dem einige Feuerhaken aus Messing lehnten. „Ist genau da passiert, wo Sie gerade stehen. Genau in dem Sessel hat sie gesessen."

Ihre Stimme war so rauh und spröde, daß sie sie kaum wiedererkannte. „Das war nicht ihr Sessel. Ihrer war breiter. Er hatte bestickte Sitzkissen und Armlehnen mit gehäkelten Borten, und die Beine sahen aus wie Löwenklauen."

Er sah sie scharf an. Dann lachte er vorsichtig, machte ein verwirrtes Gesicht. Und schließlich stand noch etwas anderes in seinen Augen. Verachtung vielleicht?

"Dann wissen Sie also Bescheid. Sie sind eine von denen."

"Von denen?"

"Die wollen sich in Wirklichkeit gar kein Haus kaufen. Könnten sich diese Größe eh nicht leisten. Sie wollen bloß den Nervenkitzel, wollen sehen, wo es passiert ist. Das machen alle möglichen Leute, und normalerweise weiß ich's gleich. Ich habe die ganzen blutigen Details parat, wenn Sie wollen. Aber soviel Blut gab's hier gar nicht. Schädelbruch, aber fast nur innere Blutungen. Es soll bloß ein Rinnsal ihre Stirn hinabgeronnen und auf ihre Hände getropft sein."

Es war so fließend herausgekommen, daß er es alles schon öfter erzählt haben mußte, und zwar gern, eine kleine Gruselgeschichte für seine Klienten, eine kleine Abwechslung an einem langweiligen Arbeitstag. Wenn ihr nur nicht so kalt gewesen wäre. Wenn sie erst wieder warm war, würde ihre Stimme nicht mehr so seltsam klingen.

"Und das Kätzchen", sagte sie mit trockenen, geschwollenen Lippen. "Erzählen Sie mir von dem Kätzchen."

"Na, das war ein Ding! Das war schon richtig gruselig, wirklich. Das Kätzchen saß auf ihrem Schoß und leckte das Blut auf. Aber dann wissen Sie doch längst Bescheid, stimmt's? Sie haben schon alles darüber gehört."

„Ja", log sie. „Ich habe schon alles darüber gehört."

Dabei war es mehr als das gewesen. Sie kannte es. Sie hatte es gesehen. Sie war dabeigewesen.

Und dann veränderten sich die Umrisse des Sessels. Eine amorphe schwarze Masse waberte vor ihren Augen, nahm dann Gestalt an. Da saß sie, ihre Großmutter, breit wie eine Kröte, in ihrem schwarzen Sonntagskleid für die Morgenandacht, mit Hut und Handschuhen, das Gebetbuch im Schoß. Ein Schleimklümpchen in ihrem Mundwinkel, ein Gewirr zerplatzter Äderchen auf dem Nasenflügel. Unzufrieden und verdrossen sah sie ihr Enkelkind an, um es für den Kirchgang zu begutachten. Da saß sie, die Hexe. Die Hexe, die sie und ihren Daddy haßte, die ihr gesagt hatte, daß er ein Nichtsnutz und Schwächling und um keinen Deut besser war als die Mörderin ihrer Tochter. Die Hexe, die damit drohte, Sambo einschläfern zu lassen, weil er ihren Sessel zerkratzt hatte, weil Daddy ihn ihr mitgebracht hatte. Die Hexe, die sie nie wieder zu ihrem Daddy lassen wollte.

Und dann sah sie noch etwas. Auch der Feuerhaken war da, genau wie sie ihn in Erinnerung hatte, eine lange Stange aus poliertem Messing mit einer schweren Verdickung.

Sie packte ihn, wie sie ihn damals gepackt hatte, und brachte ihn mit einem haßerfüllten, entsetzten

Kreischen auf den Kopf ihrer Großmutter hinab. Wieder und wieder schlug sie zu, hörte das Messing gegen das Leder schlagen, einen berstenden Schlag nach dem anderen. Und immer noch kreischte sie. Ihr Entsetzen brachte die Luft zum Klingeln. Aber erst, als die wilde Wut vorbei war und das entsetzliche Geräusch verklang, spürte sie den Schmerz in ihrer verletzten Kehle und begriff, daß sie es gewesen war, die so geschrien hatte.

Zitternd stand sie da, nach Luft schnappend. Schweiß lief ihr die Stirn hinab, und sie spürte, wie die Tropfen in ihren Augen brannten. Als sie aufsah, wurde sie sich der Augen des Mannes bewußt, dieser vor Angst aufgerissenen Augen, die sie anstarrten, wurde sich des geflüsterten Fluches bewußt und der hastigen Schritte zur Tür. Und dann entglitt der Feuerhaken ihren feuchten Händen, und sie hörte ihn leise auf den Teppich sinken.

Der Makler hatte recht gehabt, da war kein Blut. Nur dieser groteske Hut, der in das tote Gesicht gerutscht war. Aber während sie hinsah, kam langsam eine tiefrote Linie unter der Krempe hervor, rann im Zickzack die Stirn hinab, dann die Falten der Wangen entlang und begann gleichmäßig auf die behandschuhten Hände zu tropfen. Und dann hörte sie ein leises Miau. Ein schwarzes Fellknäuel kam hinter dem Sessel hervorgeschlichen, und der Geist von Sambo sprang wie zehn Jahre zuvor mit wilden, azurblauen Augen auf diesen reglosen Schoß.

Sie sah auf ihre Hände hinab. Wo waren die Handschuhe, die weißen Baumwollhandschuhe für die

Kirche, auf die die Hexe immer bestanden hatte? Diese Hände, die nicht länger einem neunjährigen Kind gehörten, waren nackt. Und der Sessel war leer. Da waren nur das zerrissene Leder, die herausquellende Roßhaarfüllung, und in der stillen Luft hing der verblassende Duft von Veilchen.

Sie ging durch die Vordertür hinaus, ohne sie hinter sich zu schließen, genau wie damals. Genau wie sie damals behandschuht und unbefleckt den Kiesweg zwischen den Rhododendren entlanggegangen war, trat sie nun durch das schmiedeeiserne Tor und ging den Weg zur Kirche hinauf. Die Glocke hatte gerade erst zu läuten begonnen, sie würde noch rechtzeitig eintreffen. In der Ferne hatte sie ihren Vater erspäht, wie er das kurze Stück von der Niederung zum Weg hinaufstieg. Also mußte er gleich nach dem Frühstück zu Fuß nach Creedon aufgebrochen sein. Aber warum so früh? Hatte er den langen Spaziergang gebraucht, um einen Entschluß reifen zu lassen? Hatte er den jämmerlichen Einfall gehabt, die Hexe zu besänftigen, indem er mit in die Kirche ging? Oder war er – welch schöne Vorstellung – gekommen, um sie abzuholen, um dafür zu sorgen, daß ihre wenigen Besitztümer zum Ende des Gottesdienstes fertig gepackt waren? Ja, das war es, was sie damals angenommen hatte. Sie erinnerte sich jetzt, wie ihr dieser überschäumende Quell der Hoffnung zur strahlenden Gewißheit geworden war. Gleich nach der Kirche würde es losgehen. Sie würden einander beistehen und die Hexe besiegen, würden ihr sagen, daß sie jetzt beide gingen, sie beide und Sambo, und zwar auf Nimmerwiedersehen. Am Ende der Straße schaute sie zurück und sah den geliebten Geist ein letztes Mal, er ging den Weg zum Haus hinauf, auf diese verhängnisvolle offene Tür zu.

Und danach? Hier verblaßte die Vision. An den Gottesdienst konnte sie sich nicht erinnern, nur an einen Wirbel von Rot und Blau, an ein Kaleidoskop, das sich schließlich zu einem Bleiglasfenster verlangsamte, dem Guten Hirten, wie er ein Lamm an seinen Busen hob. Und danach? Bestimmt hatten dann Fremde auf der Veranda gewartet, waren da ernste, besorgte Gesichter gewesen, geflüsterte Worte und verstohlene Blicke, eine Frau in einer Uniform und ein Dienstwagen. Und danach – nichts mehr. Ihr Gedächtnis war wie leergefegt.

Aber nun hatte sie schließlich doch noch erfahren, wo ihr Vater begraben lag. Und sie wußte, warum sie ihn nie würde besuchen können, nie würde diese fromme Wallfahrt dorthin unternehmen können, wo er ihretwegen lag, zu diesem Ort der Schande, in den sie ihn gebracht hatte. Für diejenigen, die im Kalk hinter einer Gefängnismauer lagen, gab es keine Blumen, keinen Obelisken, keine liebevollen, in Marmor gehauenen Worte. Und dann kam sie, die abschließende, ungebetene Erinnerung. Wieder sah sie das geöffnete Tor, durch das die Leute langsam in die Kirche strömten, sah sie die fragenden Gesichter, als sie allein dort ankam. Wieder hörte sie diese hohe Kinderstimme die Worte sagen, die mehr als alles andere dafür gesorgt hatten, daß ihm der Hanfstrick über den verhüllten Kopf gezogen worden war.

„Oma? Ihr geht's nicht so gut. Sie hat gesagt, ich soll allein herkommen. Nein, es ist nicht so schlimm. Ihr geht's schon besser. Daddy ist bei ihr."

Originaltitel: The Girl Who Loved Graveyards
Deutsch von Frank Böhmert

M. E. Kerr
Die grüne Mörderin

„Sei nett zu ihm", sagte mein Vater. „Er ist immerhin dein Cousin."

„Er vergreift sich an meinen Sachen."

„Sei nicht albern, Alan. Was sollte Blaze dir schon wegnehmen wollen? Er hat doch alles . . . *alles*", fügte mein Vater mit verächtlichem Unterton hinzu, denn schließlich wußten wir alle, wie weich mein Cousin gebettet war.

Und trotzdem vergriff er sich an meinen Sachen. Nicht an Dingen, wie sie einer einsteckt, der nichts hat, sondern an Kleinigkeiten; einer Meeresmuschel, die ich aufgehoben und poliert hatte, einem gefundenen Fünfcentstück mit Indianerkopf, einem Glücksstein in der Form eines Sternes. Jedesmal, wenn er mit seiner Familie aus New York City zu Besuch kam, fehlte mir anschließend irgendeine Kleinigkeit.

Dieses Jahr erwarteten wir sie zum Thanksgiving. Diesmal waren wir an der Reihe, die ganze Verwandtschaft zu bewirten. Wir würden sie allesamt in unser Eßzimmer quetschen, zusammen mit Extratischen aus dem Keller und allen möglichen Leihgaben von nebenan: Klappstühlen, zusätzlichen Servierplatten, einer dieser riesigen Kaffeekannen für zwanzig Tassen . . . und, und, und.

Es war besser, wenn sie an der Reihe waren und alles nach New York strömte, zu einem fürstlichen Mahl in ihrem Apartment in der Fifth Avenue, direkt über dem Central Park. Sie hatten einen Türsteher, der uns einließ, einen Koch für den Truthahn und Mädchen, die uns auftischten.

Blazes Vater war Generaldirektor von Dunn Industry. Mein Vater war Rektor an der Middle Grove High-School auf Long Island. Ungefähr das einzige, was die beiden Brüder gemeinsam hatten, war jeweils ein Sohn: dort der brillante, glänzende Blaze Dunn, siebzehn, hier Ihr ergebener Alan Dunn, sechzehn, Mittelmaß.

Trotzdem wurde es ein Thanksgiving, das kein einziger Verwandter sollte genießen oder gar je wieder vergessen können. Bei einem Unfall auf dem Long Island Expressway überschlug sich der kirschrote Mercedes, und mein Cousin Blaze war auf der Stelle tot.

Als ich Monate später nach New York eingeladen wurde, um mir aus Blazes Sachen herauszusuchen, was ich noch haben wollte, waren meine Gefühle gemischt.

Wollte ich diese Kaschmirpullis und Wolljacken und Hosen von Ralph Lauren und Calvin Klein, um die ich ihn immer beneidet hatte, echt anziehen? Die Schuhe – sogar die Schuhe paßten mir, original englische von Brooks Brothers Church. Anzüge von Paul Stuart. Selbst die verschlissenen und ausgeblichenen Jeanssachen waren hyperelegant.

Jawohl!

Jawohl, ich wollte! Sie würden mich für alles entschädigen, für jedes einzelne Mal, wo sich mir vor Neid der Magen umgedreht hatte, sobald mein Cousin in den Raum spaziert kam, und auch für die bohrende Gewißheit, daß er seine Reichtümer richtig schadenfroh vor mir ausgebreitet hatte. Und für den ganzen Rest – sein gutes Aussehen (Blaze war beinahe schön, das Gesicht braun und perfekt, die Augen grün, mit langen Wimpern, dazu das schwarzglänzende Haar), und er schrieb natürlich auch glatte Einser. Wo immer Leute zusammenkamen, er fühlte sich wohl. Mehr als wohl. Er war ein Entertainer, ein Geschichtenerzähler, ein Junge, der einen zum Zuhören und zum Lachen brachte. Gold. Er war ein Goldjunge. Meine eigene Mutter gab es zu. Was Besonderes, einzigartig, ein Siegertyp – solche Dinge hatte ich mir über Blaze anhören dürfen. Selbst der Name, der eigentlich nur der Mädchenname seiner Mutter war. Blaze. Feuer. Funkeln. Blaze Dunn. Ich hatte mir immer vorgestellt, ihn eines Tages über einem Theatereingang am Broadway zu lesen oder auf einem Buchumschlag oder unten auf einem Gemälde im Museum of Modern Art. Blaze hatte Schauspieler, Schriftsteller, Maler werden wollen. Sein einziges Problem, hatte er immer gesagt, war, sich für eines seiner Talente zu entscheiden.

Während ich einen Kleiderbeutel nach dem anderen vollstopfte, stellte ich mir vor, wie Blaze von dort oben, wo die Toten über uns wachen sollen, heruntergrinste. Ich sah ihn beim Anblick meiner Person in seinem Zimmer feixen, hörte ihn sagen: „Auf andere Art wirst *du* ja nie zu was kommen, Schnecke!" So hatte er mich immer genannt. Schnecke. Weil ich ständig Nickerchen gemacht hatte, wenn er zu Besuch gewesen war. Ich hatte nichts dagegen tun können. Er machte mich einfach fertig. Ich rollte mich in meinem Zimmer zusammen und hoffte, daß er beim Aufwachen wieder weg sein würde . . . Er meinte, Schnecken schliefen ebenfalls eine Menge. Er hatte einmal einen Preis für einen Aufsatz über Schnecken bekommen. Darin beschrieb er, wie Schnecken sich durch die Absonderung eines klebrigen Schleimes fortbewegten, und er behauptete, daß eine Schnecke auf diese Weise über die Schneide einer Rasierklinge klettern könne, ohne sich zu verletzen . . . Wenn er solche Sachen aus seinen preisgekrönten Aufsätzen zum besten gab, hing der ganze Eßtisch an seinen Lippen. Und ich dermaßen in den Seilen, daß ich ins Bett mußte – dann vergriff er sich immer an meinen Sachen.

Na, was soll's. Er hat sich meine gegriffen, jetzt greif' ich mir seine.

Ich nahm an, es würde mir komisch vorkommen, in seinen Sachen herumzulaufen, und selbst meine Mutter hatte so ihre Zweifel. Bis mein Vater lospolterte: „Lächerlich! So etwas läßt man sich doch nicht entgehen! Ist schließlich eine Art Erbschaft. Wenn es *Geld* wäre, würdest du es ja auch nehmen!"

Nicht nur, daß ich mir in Blazes Sachen gar nicht so komisch vorkam, ich begann auch, neues Selbstvertrauen zu entwickeln. Ich glaube, ich bekam sogar einen festeren Gang. Jedenfalls ging ich mehr aus mir heraus und wurde regelrecht beliebt. Kein Schwarm, nein; ich hatte es nicht drauf, einen ganzen Raum mit irgendwelchen Einzelheiten aus dem Leben der Insekten in Atem zu halten, aber in meiner eigenen kleinen High-School-Welt draußen auf Long Island war ich plötzlich nicht mehr Alan Dunn, der Durchschnittstyp, und auch keine alte Schnecke mehr. Im Frühling wurde ich in den Ausschuß gewählt, der das Thema des großen Jahresend-Balls festlegte, und ich brachte sogar den Mut auf, Courtney Sweet einzuladen.

Das einzige Wunder, das mir meine Erbschaft anscheinend nicht bescheren wollte, war, mich von den Dreien und Vieren, auf die ich viel zu oft hinunterrutschte, hoch auf Blazes Eins- und Eins-plus-Niveau zu hieven.

Als ich schließlich ein paar Kartons mit Büchern und Kleinkram auspackte, die Blazes Mutter für mich zur Seite gestellt hatte, fand ich meine Muschel, meine Indianermünze und meinen Glücksstein wieder . . . Und andere Sachen: ein schmales Mädchenarmband aus Gold, einen silbernen Schlüsselanhänger von Tiffany mit den Initialen H.J.K. Einen Rubinring von irgendeiner High-School. Eine Medaille mit zwei gekreuzten Golfschlägern darauf. Lauter solche Kleinigkeiten . . . und dann ein kleines Notizbuch aus rotem Leder, von der Größe einer Spielkarte.

In einer sehr kleinen Schrift hatte Blaze darin Initialen, Daten und Gegenstände aufgelistet, ungefähr so:

A.D. 25. Dezember	Muschel
H.K. 5. März	Schlüsselanhänger
A.D. 28. November	Indianermünze

So ging es seitenlang.

Sah ganz danach aus, als hatte Blaze nicht nur mich beklaut. Es war keine Sache zwischen ihm und mir gewesen.

Wie ich so durch die Seiten blätterte, fand ich hinten noch mehr von der winzigen Schrift.

Ein Satz lautete: *„Geld allein macht nicht glücklich."*

Ein anderer: *„Alte Diebe sterben nicht, sie stehlen sich bloß davon. (Haha!)"*

Und: *„Frech geklaut ist halb gewonnen."*

Bis heute frage ich mich, warum ich es nie jemandem erzählt habe. Bestimmt nicht, weil ich Blaze decken oder die verklärten Erinnerungen an ihn unbefleckt lassen wollte. Ich glaube, es hatte mit dem zu tun, was ich ganz unten in einem der Kartons fand.

Den Aufsatz über Schnecken und irgend etwas komplett in Französisch. Die Beschreibung eines Sommers, den er am Cape verbracht hatte, wahrscheinlich eine dieser Mein-schönstes-Ferienerlebnis-Aufgaben, die man im Herbst von einfallslosen Lehrern aufbekommt. Ich machte mir nicht die Mühe, über die ersten Sätze hinaus zu lesen. Sie lauteten: „Das Cape hat mich stets zu Tode gelangweilt, denn alle wollen sie dort nur ihren Spaß haben, diese

ganzen Clowns mit ihren Golftaschen und Tennis-
schlägern und Volleybällen! Auf dem Cape gibt es
keine Überraschungen, keine Geheimnisse und keine Gefahr."

Nichts davon interessierte mich, bis ich auf „Die grüne Mörderin" stieß. Es war ein Aufsatz mit einer Eins-
plus darauf und der handschriftlichen Bemerkung:
„Du übertriffst dich wieder einmal selbst, Blaze!"

Der Titel klang nach Stephen King, aber der Aufsatz handelte von einer ganz normalen Gottesanbe-
terin . . . eine elegante und blutrünstige Beschreibung ihrer langen, stachelbewehrten Beine, die
hervorschossen, ein Insekt aufspießten und zack, ab
war der Kopf!

„Man meint, sie betet", hatte Blaze geschrieben, *„dabei wartet sie nur auf ihr Opfer!"*

Während des Lesens begann mein Herz zu klop-
fen, nicht wegen irgendeines blutdürstigen Triebes,
sondern weil in Biologie ein Aufsatz fällig war; die
Gelegenheit, daß *ich* mich einmal selbst übertraf!

Blaze war auf eine New Yorker Privatschule gegangen und hatte seine Aufsätze handschriftlich ablie-
fern müssen, also tippte ich die Sache sorgfältig in
den Computer, und beim Ausdrucken feilschte ich
ein wenig mit Blazes Geist: *Ich borge mir dein Opus und
halt' dafür den Mund. Das ist doch fair. Dein glänzender
Ruf bleibt unbefleckt, und meine traurigen Leistungen in
Biologie haben ein Ende.*

„Die grüne Mörderin" schlug ein wie eine Bombe!
Unser Lehrer, Mr. Van Fleet, las sie laut vor, während

ich strahlend dasaß, in Blazes verschlissenen Polo-jeans und seinem hellblauen Kaschmirpulli. Von mir war noch nie irgend etwas vorgelesen worden. Ich hatte noch nie eine Eins bekommen.

Nach dem Klingeln teilte Mr. Van Fleet mir mit, daß er den Aufsatz zu einem landesweiten Wettbe-werb einreichen wollte, und er gratulierte mir und fügte hinzu: „Du hast dich verändert, Alan. Ich mei-ne nicht bloß diesen Aufsatz – sondern *dich*. Deine Persönlichkeit. Wir haben es alle gemerkt." Dann verpaßte er mir einen freundschaftlichen Knuff und grinste durchtrieben. „Vielleicht hat Courtney Sweet dich ja inspiriert."

Und da wartete sie auch, vor meinem Schließfach, und ihr Blick wanderte über mein Gesicht, während sie mir lächelnd ihre Glückwünsche zuschnurrte.

Oh, Blaze, mein lieber Cousin, dachte ich, *so werden wir doch noch Freunde . . . und dein Geheimnis ist bei mir sicher. Wie abgemacht.*

Kurz nachdem mein Aufsatz zu dem Wettbewerb ein-gereicht worden war, bat mich Mr. Van Fleet erneut, länger zu bleiben.

„Deine ‚Grüne Mörderin' hat sie alle beein-druckt, Alan", sagte er. „Alle fanden sie sie außeror-dentlich."

„Vielen Dank." Ich knöpfte meinen Ralph-Lau-ren-Blazer auf und seufzte erfreut, schaute auf meine englischen Slipper hinab.

„Und warum auch nicht?" fuhr Mr. Van Fleet fort. „Sie war Wort für Wort bei einem Essay von Isaac Asi-

mov abgeschrieben. Eines der Jurymitglieder hat es
sofort gemerkt."

Blaze blieb eben Blaze – selbst tot schaffte er es
noch, mir etwas wegzunehmen.

Originaltitel: The Green Killer
Deutsch von Frank Böhmert

M. D. Lake
Kims Spiel

„Nora, möchtest du wirklich nicht bei Kims Spiel mitmachen?" rief ihr Miss Bowers von dem großen Steinkamin aus zu.

„Vielen Dank, wirklich nicht", antwortete Nora höflich und steckte die Nase gleich wieder in ihr Buch. Draußen regnete es auf das Schrägdach des Blockhauses. Seit ihrer Ankunft im Lager hatte es ständig gegossen.

Sie hatte es sich am gegenüberliegenden Ende des Raumes mit untergeschlagenen Füßen auf einem Sofa gemütlich gemacht, so weit von den anderen entfernt, wie es nur ging. Daß Nora sie nicht mochte, wäre zuviel gesagt gewesen, aber nach drei gemeinsamen Tagen brachte sie nicht mehr sonderlich viel Interesse für sie auf. Nicht eine von ihnen las gern, und sie schienen alle die gleichen Fernsehshows und Filme gesehen zu haben. Was unter anderem dazu führte, daß Nora entweder nicht verstand, worüber sie redeten, oder aber, was daran nun eigentlich so aufregend sein sollte.

„Nora ist nicht gerade gut in Kims Spiel", hörte sie eine von ihnen sagen, mit einer hohen, klaren Stimme, die weit hatte tragen sollen.

„Sie hat uns gestern alle geschlagen", sagte eine andere.

„Zweimal. Die ersten beiden Male. Anfängerglück. Das dritte Mal hat sie verloren, und dann wollte sie nicht mehr.‟

Nora schmunzelte vor sich hin. Bevor sie ins Sommerlager gekommen war und die Betreuerinnen sich wegen der Kälte und des Regens etwas hatten einfallen lassen müssen, hatte sie Kims Spiel noch nie mitgemacht, geschweige denn auch nur davon gehört. Aber nachdem sie die ersten beiden Runden gewonnen hatte, befand sie das Spiel für zu leicht und beschloß, sich mit der dritten Runde einen Spaß zu erlauben. Sie listete Gegenstände auf, die gar nicht da waren – ganz unsinnige, aber das merkten die anderen Mädchen nicht –, und ließ die einfachen wie den Teekessel und das Fleischermesser dafür weg, so daß sie natürlich verlieren mußte. Doch selbst dann hatte sie nur knapp verloren, denn besonders aufmerksam waren die anderen Mädchen nicht gerade.

Vermutlich, weil sie es zu Hause auch nie zu sein brauchten. Dieser Gedanke durchfuhr Nora wie ein scharfes Messer, und auf einmal war sie den Tränen nahe. Sie drückte den Rücken durch, stellte die Füße fest auf den Boden und sagte sich, daß sie froh war, so aufmerksam zu sein. Mit seinen Augen etwas wahrzunehmen war sehr viel wichtiger, als mit ihnen zu weinen.

Sie hatte nicht ins Sommerlager fahren wollen. Sie hatte zu Hause bleiben wollen, wo sie ihre Eltern im Auge behalten konnte. Irgend etwas stimmte nicht zwischen ihnen – und zwar gewaltig, nicht so wie sonst –, und zu Hause hätte Nora wenigstens herausfinden können, was all die Einzelheiten für eine Bedeutung hatten: das späte Heimkommen ihres Vaters und daß er auch am Wochenende arbeiten ging, was er sonst nie getan hatte, seine beleidigte, zornige Redeweise manchmal, die Tränen in den Augen ihrer Mutter, die plötzlichen Themenwechsel, wenn Nora ins Zimmer kam und Mutter ihre Freundinnen eingeladen hatte, und schließlich die immer häufigeren Streits, wenn ihre Eltern dachten, daß sie schon im Bett war und schlief.

Normalerweise legten sie nur Wert darauf, daß Nora ihre Hausarbeiten machte und im Haushalt half, in diesem Jahr jedoch sollte sie unbedingt ins Ferienlager. Sie fragte sich, was sie bei ihrer Rückkehr vorfinden würde. Sie fragte sich, ob ihre Eltern noch beide zu Hause wohnen würden, und falls nicht, wer von beiden dann wohl gegangen war.

Die Vordertür des Blockhauses ging auf, und eine nasse Gestalt in Hut und Regenmantel trat ein. Es war Miss Schaefer.

Sie hing Hut und Mantel an einen Kleiderhaken, dann sah sie sich um. Drüben beim Kamin standen die Mädchen im Kreis und starrten voller Konzentration auf eine Decke mit einem Haufen zusammengewürfelter Gegenstände hinab, und Cathy Bowers stand hinter ihnen und nahm mit ihrer Uhr die Zeit.

Kims Spiel! Lydia Schaefer hatte es nie leiden können und hielt es für dumm. Sie hatte allerdings auch nicht die Art von Gedächtnis, die man für solche Spiele brauchte.

Sie nickte Cathy Bowers zu und ging zur gegenüberliegenden Ecke mit ihren gemütlichen, dicken Polstersesseln hinüber, dem Sofa und dem Couchtisch voller Bücher und alter Zeitschriften. Sie nahm in einem der Sessel Platz und griff nach einer Zeitschrift. Sie holte ihre Lesebrille hervor und tat das Etui in ihre Rocktasche zurück. Dabei fiel ihr das Mädchen auf dem Sofa gegenüber auf; kerzengerade saß es da und hatte seine spitze Nase in ein Buch gesteckt. Es sah aus, als hatte es geweint oder wollte weinen. Lydia Schaefer lächelte und sagte: „In deinem Alter war ich auch immer mies in Kims Spiel. Laß dir davon nicht die Laune verderben."

Nora sah auf, als wäre sie überrascht, nicht länger allein zu sein. Ausdruckslos sah sie Miss Schaefer an. Sie mochte Miss Schaefer nicht, weil sie wußte, daß Miss Schaefer sie nicht mochte – und das war nichts Persönliches: Miss Schaefer mochte überhaupt keine Kinder. Nora fragte sich, warum sie dann bloß Betreuerin geworden war. Dann zuckte sie mit den Achseln, es spielte ja doch keine Rolle. Sie hatte genug Erwachsene, über die sie sich den Kopf zerbrechen konnte, da brauchte sie keinen Neuzugang mehr.

„Wie heißt du?" fragte Miss Schaefer hartnäckig, obwohl sie sich unter dem Blick des Kindes einigermaßen unwohl fühlte. Aber sie bekam auch nicht gern ein Schulterzucken zur Antwort. Hatte sie nicht versucht, das Kind für sein schlechtes Spielvermögen zu trösten?

„Nora." Gegenstände auf einer Decke waren nicht

das einzige, das Miss Schaefer sich nicht merken konnte.

„Bestimmt bin ich heute noch genauso mies in Kims Spiel", fuhr Miss Schaefer fort. „Aber was soll's, ich bin überzeugt, wir beide haben dafür wesentlich interessantere Innenleben als die anderen. Nicht wahr?"

„Kann gut sein", sagte Nora, die zu ihrem Buch zurückkehren wollte.

„Wahrscheinlich sind wir deshalb auch Brillenträger", fuhr Miss Schaefer fort, die sich anscheinend mit ihr anfreunden wollte. „Wir brauchen nicht so viel äußere Wirklichkeit wie andere Leute, darum sind unsere Augen –"

Bevor sie den Satz zu Ende brachte, von dem Nora längst wußte, auf welchen Unsinn er hinauslief, wurde sie unterbrochen. „Könnte ich dich in meinem Büro sprechen, Lydia?" Erschrocken über den offiziellen Tonfall, fuhr Miss Schaefer herum. Es war Ruth Terrill, die Leiterin.

„Natürlich, Ruth", sagte sie in möglichst normalem Ton. „Jetzt gleich?"

„Bitte", sagte Ruth.

Nora sah zu, wie die beiden Frauen im Korridor verschwanden. Daß sie einander nicht mochten, war ihr gleich am ersten Tag aufgefallen, nicht jedoch, daß Miss Schaefer Angst vor Miss Terrill hatte. Nora überlegte, warum, dann zuckte sie erneut mit den Achseln. Was zwischen diesen beiden Erwachsenen vorging, war nicht ihr Problem. Rasch steckte sie die Nase wieder in ihr Buch.

Drüben beim Kamin waren die Mädchen bei einer neuen Runde angelangt. *Man sollte meinen, daß sie langsam jeden einzelnen Gegenstand hier im Schlaf dahersagen können*, dachte Nora.

Sie hätte es gekonnt.

Als sie in dieser Nacht die Stimmen hörte, glaubte sie zunächst, zu Hause und im eigenen Bett zu sein, denn so redeten auch ihre Eltern, wenn sie dachten, sie würde schlafen und daher nicht mithören können, wie sie das besprachen, was zwischen ihnen nicht in Ordnung war und vor ihr verborgen bleiben sollte. Als sie dann oben in der Dunkelheit die Holzbalken ausmachte und den Regen von den Traufen plätschern hörte, fiel ihr wieder ein, wo sie war. Sie konnte die leisen Geräusche hören, die die anderen im Schlaf machten, und den Wind, der draußen durch die Bäume fuhr. Sie haßte den Wind diesen Sommer, dieses scheußliche, bedrohliche Geräusch, das nie nachzulassen schien.

Die Stimmen gehörten den Betreuerinnen im Aufenthaltsraum. Genau wie zu Hause, wenn sie von den Stimmen ihrer Eltern geweckt worden war, schlüpfte Nora aus dem Bett, um zu lauschen. Sie schlich die Reihe der schlafenden Mädchen entlang, dann den dunklen Gang. Die Tür zum Aufenthaltsraum war nur angelehnt, darum waren die Betreuerinnen so gut zu hören.

Lydia Schaefer beschrieb gerade, wie sie nur einen Moment zuvor von ihrer Hütte hoch zum Haus gelaufen sei. Plötzlich habe sie im Wald neben dem

Pfad etwas rascheln gehört, und dann habe ein Mann sie von hinten gepackt. Er habe ein Messer, sagte sie, und sie damit bedroht, aber sie habe es geschafft, sich loszureißen und zum Haus zu fliehen. Sie war immer noch außer Atem. Nora konnte es hören.

Eine der anderen Betreuerinnen fragte Miss Schaefer, warum sie nicht um Hilfe gerufen habe. Sie erklärte, zuerst zu erschrocken gewesen zu sein, und als sie dann das Licht im Haus gesehen und begriffen habe, daß der Mann ihr nicht folgte, da habe sie die Mädchen nicht durch einen Riesenalarm aufschrecken wollen. Die Leiterin Ruth Terrill fragte, ob sie den Mann beschreiben könne. Es sei so dunkel gewesen, antwortete Miss Schaefer, und alles sei so schnell gegangen, daß sie ihn kaum gesehen habe. Aber vermutlich sei er groß – und Brillenträger, da sei sie sich ganz sicher.

Miss Terrill erklärte, sie wolle den Sheriff rufen, und dann kamen alle überein, die Mädchen damit besser nicht zu beunruhigen.

Genau das versuchen die Erwachsenen ständig, dachte Nora auf dem Weg zurück ins Bett. *Da hockt ein Vergewaltiger draußen im Wald, aber sie wollen die Mädchen damit besser nicht beunruhigen! Mom und Dad trennen sich, aber das soll ich besser nicht mitbekommen!*

Erwachsene sind manchmal echt kindisch, dachte sie.

Sie war über dem Lauschen nach jedem Geräusch, das das alte Gebäude in der Nacht machte, beinahe eingeschlafen, als ein Wagen den Fahrweg hinaufkam. Leise ging eine Autotür, und als Nora wegdämmerte, drangen wieder Stimmen aus dem Aufenthaltsraum, diesmal auch eine männliche. Sie träumte vom Wald und von einem Mann, der zwischen den Bäumen auf sie wartete.

Als Nora am nächsten Morgen von ihrem Buch aufsah, hielt draußen vor dem großen Vorderfenster ein Polizeiauto, und ein großer, braun uniformierter Mann stieg aus. Miss Terrill und Miss Schaefer mußten ihn ebenfalls gesehen haben, denn sie fingen ihn draußen ab. Sie stellten sich auf der breiten Veranda unter und redeten so leise miteinander, daß Nora nichts mitbekam.

Sie fragte sich, ob es der gleiche Polizist war wie gestern nacht. *Wenn er hereinkäme, würden die anderen ihn vielleicht nicht einmal bemerken,* dachte Nora. *Sie sitzen allesamt im Eßzimmer und schreiben nach Hause, wahrscheinlich lauter Beschwerden, daß es hier kein Fernsehen und keine Einkaufszentren und auch sonst nichts Tolles zu tun gibt.* Nora hatte nicht vor, ihren Eltern den Gefallen zu tun und sich über irgend etwas zu beschweren. Mal ganz abgesehen davon, daß sie ja gar nicht wußte, wer von beiden ihre Zeilen überhaupt zu lesen bekam.

Der Himmel klärte sich auf, und für den kommenden Tag stand Pferdereiten auf dem Programm. Vielleicht fiel es aus, jetzt wo dieser Mann im Wald war. Nora hoffte es.

Alle anderen Mädchen waren eingeschlafen, da lag Nora im Bett und dachte über den Messermann im Wald nach. Sie besaß eine gute Vorstellungskraft und konnte die Klinge und seine Brillengläser im Mondlicht schimmern sehen, während er das Blockhaus aus seinem dunklen Versteck heraus beobachtete und darauf wartete, daß jemand allein den Pfad hinunterkam. Was würde Miss Terrill wohl tun, wenn er in das Haus einzudringen versuchte, um eines der Mädchen zu entführen? Die anderen Betreuerinnen wohnten jeweils zu zweit in den kleinen Hütten am Pfad, bis auf Miss Schaefer, die die unterste Hütte für sich allein hatte. Anscheinend wollte keine der anderen Frauen mit ihr zusammenwohnen oder umgekehrt. Zum Glück mußte Nora nicht in einer dieser Hütten schlafen, allein mit der Dunkelheit und dem scheußlichen Wind, der nie nachließ – und dem Mann zwischen den Bäumen.

Dann drang ein Geräusch aus dem Aufenthaltsraum – es klang wie der Beginn eines Schreies –, und etwas fiel um. Sie setzte sich auf und lauschte angestrengt, aber mehr gab es nicht zu hören – nur das leise Atmen der schlafenden Mädchen und draußen den Wind. Sie starrte auf die Tür zum Aufenthaltsraum, sah sie schon aufgehen und einen großen Mann mit Brille hereinkommen, aber nichts geschah.

Vielleicht hatte sie schon geschlafen und nur geträumt. Vielleicht hatte sie es sich nur eingebildet. Aber es war nicht auszuhalten, hier noch weniger als zu Hause. Sie mußte Bescheid wissen.

Sie schlüpfte aus dem Bett und schlich auf nackten Füßen den dunklen Gang hinab. Sehr langsam öffnete sie die Tür einen Spaltbreit und zwang sich hin-

durch. Zunächst schien der Raum leer, vom Mondlicht einmal abgesehen, dann jedoch sah sie etwas
vor dem Kamin liegen, eine gekrümmte Gestalt. Der
Messermann im Wald war vergessen. Ihre Angst war
vergessen. Sie durchquerte den Raum, um zu sehen,
wer dort lag.

Es war Miss Terrill. Sie lag auf dem Rücken, starrte
zur Decke hinauf, und aus ihrer Kehle ragte der
Holzgriff eines Messers.

Nora starrte sie lange an, sah alles, was es zu sehen
gab – Miss Terrills braune Ledertasche auf dem Boden, neben ihrer Hand, und die Gegenstände, die
hinausgefallen waren, manche bereits in der sich aus-
breitenden Blutlache, manche weit genug entfernt.

Ein Geräusch, eine Bewegung ließen sie auf-
blicken. Miss Schaefer kam durch die Vordertür.

„Warum bist du nicht im Bett, Kind? Du gehst –
Ruth!" Sie kam herbeigelaufen und kniete nieder,
sah, was Nora gesehen hatte, und kämpfte sich wieder auf die Füße.

„Hast du gesehen, was passiert ist?" fragte sie.

„Nein. Ich hab' bloß etwas gehört, und dann bin
ich –"

„Du kannst hier nicht bleiben", sagte Miss Schaefer. „Komm mit." Sie nahm das Mädchen bei der
Hand, und anstatt sie in den Schlafsaal zurückzubrin-
gen, stieß sie Nora fast schon mit Gewalt den Korridor hinab und in die Küche.

„Wie heißt du noch mal?"

„Nora."

„Ach ja, Nora", sagte Miss Schaefer. „Die kleine

Leseratte. Du bleibst hier, bis ich zurück bin. Hier passiert dir nichts. Wer immer das der armen Ruth angetan hat, ist längst weg." Sie drückte Nora auf einen Stuhl. „Ich werde die Polizei rufen. Geh nicht in den Schlafsaal zurück – sonst weckst du die anderen, und wir wollen doch nicht, daß sie Angst bekommen, nicht wahr? Versprochen?"

Nora versprach es, und Miss Schaefer machte kehrt und eilte den Korridor hinab.

In der Küche gefiel es Nora gar nicht. Die Wanduhr gab ein gewaltiges Brummen von sich, das wie der Wind draußen klang. Es war fast eins. Auf der Ablage bei der Spüle lagen die Fleisch- und Gemüsemesser der Köchin; sie glänzten scharf im Mondlicht, das durch das Fenster fiel, und sie hatten die gleichen Griffe wie das Messer in der Kehle von Miss Terrill. Der Mann aus dem Wald war vielleicht hier gewesen, war vielleicht immer noch hier, versteckte sich in der Speisekammer oder im Wandschrank oder in der dunklen Ecke drüben beim Herd.

Ein plötzliches Geräusch ließ Nora aufspringen und herumfahren, aber die Schatten in der Küche blieben unbewegt. Es war wohl eine Maus gewesen. Auch dieser Gedanke gefiel Nora gar nicht, schließlich trug sie keine Schuhe.

Es war ihr gleichgültig, was sie Miss Schaefer versprochen hatte. Sie rannte in den Aufenthaltsraum zurück. Sie wollte am Kamin vorbei und in das Zimmer mit dem Telefon, zu Miss Schaefer, aber als sie an Miss Terrills Leiche angelangt war, konnte sie nicht anders – sie blieb stehen und sah hin.

Was sie diesmal sah, versetzte sie in Angst und Schrecken.

„Ich hab' doch gesagt, du sollst in der Küche bleiben", sagte Miss Schaefer so dicht bei ihr, daß Nora einen Satz machte und fast aufgekreischt hätte. Ihre Stimme klang sanft und kalt vor Zorn – das Schlimmste überhaupt –, und ihr Griff war grob.

„Ich habe Angst bekommen", sagte Nora, gegen das Zittern ankämpfend. Sie waren mit der Leiche allein, nur sie beide; die Tür zum Schlafsaal war geschlossen. Die anderen Mädchen schliefen geräuschvoll, die anderen Betreuerinnen waren weit weg.

„Angst? Vor was?"

„Vor *ihm*!" platzte es so plötzlich aus Nora hervor, daß sie selbst überrascht war.

„Vor wem?" Unwillkürlich richtete Miss Schaefer sich auf und sah sich rasch um.

„Diesem Mann", sagte Nora. „Er hat mich durch das Küchenfenster angesehen!"

„Wie sah er aus?"

„Er war kräftig", erzählte Nora ihr. „Groß – und er hatte schwarze Haare. Miss Schaefer, was ist, wenn er wiederkommt?"

„Ich habe die Tür verriegelt", sagte Miss Schaefer. „Hier kommt niemand mehr rein." Und dann fragte sie: „Wie konntest du ihn denn sehen da draußen, Nora? Es ist dunkel."

„Weil", sagte Nora langsam und suchte verzweifelt nach einer Erklärung, während sie Miss Schaefers kalten Blick auf sich spürte und an die Messer in der Küche denken mußte, wie sie im Mondlicht glänzten.

„Weil der *Mond* so hell war, er hat sich in seiner Brille gespiegelt!"

Miss Schaefer dachte darüber einen Moment nach, dann atmete sie aus, und ihr Griff um Noras Arm wurde leichter. Sie lächelte fast. „Ich habe die Polizei gerufen", sagte sie. „Sie wird bald dasein. Du brauchst jetzt keine Angst mehr zu haben."

Unter den Polizisten war auch der Sheriff, der am Morgen mit Miss Terrill und Miss Schaefer gesprochen hatte. Die anderen Betreuerinnen kamen ebenfalls und starrten entsetzt auf Ruth Terrill hinab. Eine von ihnen nahm Nora beim Arm und führte sie zu der Couch bei den Vorderfenstern hinüber, fort von dem Leichnam. Sie erklärte, das sei kein Anblick für ein Mädchen ihres Alters, aber da Nora die Leiche nun einmal gefunden habe, müsse sie auch mit der Polizei reden. Das klang so unsinnig, daß Nora fast aufgelacht hätte. Sie konnte die Gesichter der Mädchen sehen, die sich im Eingang zum Schlafsaal drängten, ihre großen Augen. Eine Betreuerin versuchte, ihnen den Blick zu versperren.

Miss Schaefer erklärte ihren Kolleginnen, daß sie sie nicht habe informieren können, weil sie sich nicht zu ihnen hinunter getraut habe – wo doch ein Mörder frei herumlief –, und selbstverständlich habe sie auch Nora und die übrigen Kinder nicht allein lassen wollen. Schließlich sei auch sie schon von ihm angegriffen worden, draußen im Wald, nur daß sie ihm zum Glück – im Gegensatz zu Ruth Terrill – wieder hatte entkommen können.

Der Sheriff fragte sie, warum sie ursprünglich überhaupt zum Blockhaus hinaufgekommen sei. Miss Schaefer sagte, sie habe das Buch dort vergessen, das sie als Einschlaflektüre hatte nehmen wollen. „Ich hatte eine Taschenlampe", sagte sie, „und bin den ganzen Weg gerannt." Dann, als wollte sie die Aufmerksamkeit von sich ablenken, rief sie zu Nora hinüber: „Erzähl dem Sheriff von dem Mann, den du draußen vorm Küchenfenster gesehen hast, Nora."

„Ich habe niemanden gesehen", antwortete Nora. „Aber dafür etwas anderes – drüben bei Miss Terrills Leiche."

„Was hast du da gesehen?" fragte der Sheriff. „Komm hier rüber und erzähl's mir."

„Nein. Sie gehen rüber zu Miss Terrills Leiche."

„Was –" Der Sheriff stutzte, sah sie verwirrt an, und dann tat er, was sie gesagt hatte. Etwas in der Stimme des Mädchens ließ ihn das für ratsam halten.

„Was soll das alles?" wollte Miss Schaefer wissen. „Nora, du hast mir doch gesagt –"

Nora schenkte ihr keine weitere Beachtung, sie versicherte sich nur, daß einer der Polizisten zwischen Miss Schaefer und ihr stand. „Sie sagen mir einfach, ob ich recht habe mit den Gegenständen, die um Miss Terrill herumliegen", rief sie dem Sheriff zu.

„Nora", sagte Miss Schaefer mit einem bemühten Lachen, „wir spielen doch jetzt nicht Kims Spiel hier."

„Kims Spiel, was ist das?" fragte der Sheriff.

„Wir spielen es manchmal", erklärte Nora, „wenn wir wegen des Wetters drinnen bleiben müssen. Miss Bowers gibt uns etwa fünfzehn Sekunden Zeit, um auf eine Anzahl Gegenstände zu schauen, die sie auf einer Decke auf dem Boden verteilt hat, und dann müssen wir woanders hingehen und alles aufschreiben, was wir uns gemerkt haben. Wer sich die meisten Gegenstände merken konnte, hat gewonnen."

„Nora ist da genau wie ich, Sheriff", sagte Miss Schaefer. „Sie ist nicht gerade gut darin." Ihr Lachen klang ebenso scheußlich wie der Wind im Wald, nur daß es draußen jetzt ruhig war.

Nora sah wieder den Sheriff an und sagte: „Da ist ein Kuli und eine kleine Tube Sonnencreme und ein Taschenmesser mit einem roten Griff. Und ein Portemonnaie. Es ist braun."

„Das stimmt", sagte der Sheriff und sah zu ihr hinüber. Sie starrte vor sich hin, die Augen weit geöffnet. Der Sheriff hatte ebenfalls eine Tochter, die jedoch kniff die Augen immer fest zu, wenn sie mit aller Kraft versuchte, sich an etwas zu erinnern.

„Da ist ein Schlüsselbund", fuhr Nora fort, „mitten im Blut, und gleich daneben eine Box mit Pflastern und ein Kamm. Und Geld. Zwei Vierteldollar und ein paar Zehncentstücke – drei, glaube ich."

„Ist das alles?" fragte der Sheriff.

„*Jetzt schon*", sagte Nora. „Aber als ich Miss Terrill gefunden habe, lag da auch noch ein Brillenetui, mit Brille. Es war blau und rot – kariert. Wenn Sie genau hinsehen, können Sie erkennen, wo es gelegen hat –

ich konnte es jedenfalls, als ich wieder aus der Küche zurückkam, wo Miss Schaefer mich hingebracht hatte. Da ist eine Art Einbuchtung im Blut, wo das Etui war. Das Blut muß erst dagegen und dann drum herum gelaufen sein."

Der Sheriff sah hinunter und sagte: „Die Einbuchtung ist immer noch da, Nora. Weißt du, wo das Etui jetzt ist?"

„Nein", sagte sie.

„Weißt du, wer ein solches Etui besitzt?"

„Ja", sagte sie mit sehr leiser Stimme, aber sie zwang sich dazu, Miss Schaefer anzusehen.

„Du hast ein kariertes Brillenetui, Lydia", sagte Miss Bowers zu Miss Schaefer.

Miss Schaefer floh aus dem Haus, aber weit kam sie nicht. Vielleicht hatte sie es nicht ernsthaft versucht, vielleicht hatte sie nicht allein im Wald sein wollen.

„Ich hätte dir deine kleine Kehle gleich durchschneiden sollen", sagte sie zu Nora, als einer der Polizisten sie wieder hineinbrachte. Sie lächelte dabei, aber Nora hatte schon etliche Leute wesentlich freundlicher lächeln gesehen.

Das Brillenetui war Miss Schaefer während des Mordes aus der Jackentasche gefallen. Daß es fehlte, bemerkte sie erst auf dem Weg zu ihrer Hütte, also kehrte sie um und stieß auf Nora. Nachdem sie Nora in die Küche gebracht hatte, ging sie zurück und holte das Etui, reinigte es vom Blut und tat es in die Tasche zurück, dann rief sie den Sheriff an.

Warum sie Miss Terrill ermordet hatte? Nora sollte

es nie erfahren, aber es war ihr auch egal. Es hatte etwas mit einer Sache zu tun, die sich vor langer Zeit zwischen den beiden Frauen abgespielt hatte – vielleicht sogar noch vor Noras Geburt –, eine dieser Sachen, die Erwachsene ausfochten ohne Rücksicht auf Verluste. Eine dieser Sachen, die Kinder nichts angingen, und so erfuhr Nora nur wenig darüber.

Als sie von dem Mord erfuhren, kamen einige Eltern in die Berge hinauf, um ihre Töchter abzuholen. Eine Zeitlang wechselten sich die Autos regelrecht ab. In manchen Autos saß ein Elternteil, in manchen saßen beide.

Die Sonne schien, und Nora machte sich gerade zusammen mit den verbliebenen Mädchen zum Reiten fertig, als Miss Bowers hinauskam und ihr sagte, daß ihre Mutter am Telefon sei und wissen wolle, ob sie gern nach Hause möchte.

Ihr Pferd hatte riesige Augen wie braune Murmeln. Nora fragte sich, wie es wohl wäre, auf einem solchen Pferd zu reiten.

„Sagen Sie Mom, daß es mir gutgeht", sagte sie zu Miss Bowers, „und daß wir viel Spaß haben. Sie soll Dad von mir grüßen und ihm einen dicken Kuß geben, wenn sie kann."

Der Mann, dem die Pferde gehörten, zeigte den Mädchen, wie man aufstieg, und als sie es alle geschafft hatten, ritten sie zusammen in den Wald hinein.

Originaltitel: Kim's Game
Deutsch von Frank Böhmert

Thomas Adcock
Das Geheimnis der Braut

Es war eine schwüle Nacht im August. In dem windschiefen, alten Schindelhaus, das einsam zwischen einem freien Gelände und einem Schrottplatz stand, staute sich die Wärme. Mike und Franny saßen draußen auf den Treppenstufen der Veranda, wo es etwas kühler war, wenn auch nicht viel. Von hier aus konnten sie die matt schimmernden Sterne am Himmel sehen, und das half ihnen, sich von ihren unausgesprochenen Ängsten abzulenken. Hin und wieder sahen sie ein Glühwürmchen, und wenn man ein Glühwürmchen sieht, darf man sich etwas wünschen.

„Da ist noch eins, Mike."

Franny hob den Kopf von seiner Schulter. Mike wußte, daß sie die Augen fest geschlossen hielt und sich auf ihren Wunsch konzentrierte. Dann lehnte sie sich wieder an ihn und seufzte.

„Ich habe mir gewünscht, daß wir reich und frei genug wären, um eine lange, lange Reise irgendwohin zu machen . . . nur du und ich. Das stelle ich mir wunderschön vor . . . du nicht auch, Mike? Irgendwann mal . . ."

Warum nicht jetzt? wollte er ausrufen. Statt dessen sagte er: „Doch, ich glaube schon."

Er platzte beinahe vor dem Bedürfnis, ihr seine Sorgen mitzuteilen, die ihn so sehr quälten, aber er konnte keine Worte finden. Und es war so heiß.

„Ach, du bist so süß, Mike. Ich glaube, auch wenn ich mein ganzes Leben suchen würde, könnte ich keinen süßeren Ehemann finden als dich."

Wenn er nur endlich einen Weg finden könnte, es ihr zu sagen . . . endlich den Anfang fände!

Franny sagte verträumt: „Es ist komisch, wie natürlich es mir vorkommt, daß wir beide zusammen sind, so als ob wir uns seit unserer Kindheit kennen würden und schon jahrelang verheiratet wären. Ich weiß, das klingt verrückt, wo wir doch erst vor einem Monat geheiratet haben."

„Das ist überhaupt nicht verrückt, Franny", sagte er und zog sie an sich. Bei ihr fühlte er sich immer wie ein Held. Dabei war er ein recht unscheinbarer Mann mit braunem Haar, groß und schwerfällig; niemand wäre jemals auf die Idee gekommen, ihn als den schönsten jungen Mann von Newburgh zu beschreiben. Und trotzdem war er sich seit jenem Tag im April, als er Franny zum ersten Mal gesehen hatte, immer irgendwie wichtig vorgekommen. Manchmal fragte er sich, ob dieses Gefühl, das sie ihm vermittelte, der eigentliche Grund dafür war, daß er sie so sehr liebte, und überlegte, ob dies nicht auch eine Art der Selbstsucht war.

„Mike, wo bist du?"

Das war ein alter Scherz zwischen ihnen. Die Frage bedeutete eigentlich: „Was denkst du gerade?" Und jetzt, wo er ständig über diese Sache nachdachte, sie ihm solches Kopfzerbrechen bereitete und er unbedingt herausfinden wollte, was dahintersteckte, würde er sie wohl einfach fragen müssen. Vielleicht noch heute nacht.

Vielleicht würde sich alles als viel weniger schrecklich herausstellen, als er es sich ausmalte. Vielleicht gab es ja eine einfache Erklärung dafür, die auch einige andere Sachen aufklären würde; all das, was ihm Sorgen machte und Furcht einjagte – und sein Mißtrauen gegen ihren Vater weckte.

„Ich habe auch nachgedacht, Franny . . . Also, ich wirke vielleicht ab und zu etwas kalt, wenn ich –" Er würde sich Stück für Stück herantasten müssen, weil er sie nicht verletzen oder unglücklich machen wollte, wie es normalerweise der Fall war, kaum daß sie auf dieses Thema zu sprechen kamen. „Ich will nur sagen, daß ich mich deinem Vater gegenüber manchmal etwas abweisend verhalte. „Verstehe mich nicht falsch, Franny, es ist nicht, weil ich ihn nicht mag. Und auch nicht, weil ich denke, daß du und ich besser alleine leben sollten. Es ist nur . . . nun, vielleicht vermische ich einiges und stelle mir halt komische Dinge über ihn vor. Ach, wenn du mir doch einige Sachen erklären könntest . . ."

Eine gespannte Stille entstand zwischen ihnen. Mike fühlte, wie Franny trotz der Hitze erstarrte und sich von ihm entfernte, obwohl ihr Kopf weiterhin auf seiner Schulter ruhte. Er spürte ihr weiches, blondes Haar an seiner Wange und atmete ihren leichten Duft ein. Aber nun war es Franny, die abwesend wirkte.

Er verstärkte den Druck seiner Umarmung und fragte: „Franny?" Aber sie antwortete nicht.

Die Grillen auf dem freistehenden Gelände waren plötzlich überdeutlich zu hören, genauso wie jedes andere nächtliche Geräusch. Und die Hitze schien noch schwerer auf ihm zu lasten als vorher. Er nahm das Gemurmel zweier Stimmen wahr, das durch das offene Fenster aus dem Zimmer ihres Vaters drang, genau über dem Vordereingang, wo sie saßen.

Die eine Stimme gehörte ihrem Vater, die andere Nicky Maltin, der wie jede Woche vorbeigekommen war. Es klang, als seien sie in einen Streit verwickelt. Mike schämte sich ein wenig, als er feststellte, daß er sie heimlich belauschte.

Aber ich muß es herausfinden! sagte er sich selbst. Er mußte Franny all die Fragen stellen, die ihn in diesem ersten Monat ihrer Ehe gequält hatten – andernfalls waren sie gar nicht richtig verheiratet, auf jeden Fall nicht für sein Empfinden. Ehepartner sollten ihre Probleme teilen, ebenso selbstverständlich wie sie Freude teilten. Sie sollten keine Geheimnisse haben – so wie Franny. Sie sollten nicht so geheimnisvoll und undurchschaubar tun.

Mike dachte, daß er Franny all das erst einmal würde erklären müssen, schließlich war sie kaum achtzehn Jahre alt. Wahrscheinlich kannte sie das Leben eben noch nicht so gut wie er, der schon zweiundzwanzig war und allmählich zu durchschauen begann, um was es eigentlich ging. Das glaubte er jedenfalls. Und er würde es ihr ganz vorsichtig erklären.

„Franny", begann er sanft, „wenn du mir zuhören willst, würde ich dir gerne einiges sagen."

Sie schwieg eine Minute. Dann sagte sie mit belegter Stimme: „Okay, Mike."

„Also –"

Er brach ab und legte seine Hände auf ihr Haar, strich ihr einige Strähnen aus dem leicht verschwitzten Gesicht. Sein Herz zog sich zusammen vor Liebe und Anspannung. Jetzt konnte er nicht mehr mit ihr reden, wie es ihm immer mit anderen Leuten geschah; so war er meistens, groß und schwerfällig und ganz und gar nicht der schönste Junge der Stadt. Normalerweise verstand sie ihn, sie verstand ihn wie kein anderer; und gewöhnlich ermutigte sie ihn, ihr alles zu erzählen und seine Gefühle zu offenbaren. Doch diesmal nicht. Denn sie wußte, daß er über ihren Vater reden wollte.

Von Anfang an war es so gewesen. Schon bevor sie geheiratet hatten und Mike davon gesprochen hatte, daß er gerne eine kleine Wohnung in der Nähe des Broadways im Zentrum der Stadt mieten würde, hell und sauber und umgeben von Geschäften; und daß sie neue Freunde haben würden, die sonntags zum Essen vorbeischauen könnten oder abends auf einen Drink. Schon damals hatte es dieses Geheimnis gegeben, alles war irgendwie falsch gelaufen, und Mike hatte nicht verstanden, warum, und aus Angst, sie zu verlieren, hatte er nicht gewagt, Franny zu fragen.

Sie hatte zu ihm gesagt, ohne ihn anzuschauen:

„Wir müssen meinen Vater zu uns nehmen, Mike. Wir können ihn nicht alleine lassen."

„Aber Franny . . . können wir nicht wenigstens eine Zeitlang nur für uns sein? Zumindest am Anfang sollten junge Paare doch alleine sein, oder? Ich kann mir nicht vorstellen, daß dein Vater uns das übelnehmen würde."

Ihr Vater sah nicht aus wie einer, der überhaupt irgend etwas übelnahm. Er war sanftmütig und hatte die Schultern immer leicht eingezogen, seine Augen waren wässerig blau und ausdruckslos, und er hatte graues, dünnes Haar wie Spinnweben. Franny sah ihm überhaupt nicht ähnlich. Sie war gut fünf Zentimeter größer als er und hatte lebhafte grüne Augen, graziöse athletische Schultern wie eine Schwimmerin und lange, muskulöse Gliedmaßen. Sie lächelte häufig. Ihr Vater hingegen verzog fast nie den Mund, und wenn er es tat, zitterten seine Lippen; er hustete die meiste Zeit und schien darauf zu warten, daß jemand käme und ihn dafür anbrüllte.

Wie unterschiedlich sie waren, war niemals stärker ins Auge gefallen als an dem Tag ihrer Hochzeit. Franny hatte ein helles, geblümtes Kleid getragen und Mike einen neuen blauen Anzug. Es war eine recht kleine Hochzeitsfeier, da Mike im Waisenhaus aufgewachsen war und es auf der anderen Seite nur Franny und ihren Vater gab. In dem Büro des Standesbeamten hatten sich sechs Gäste versammelt, Freunde von Mike aus der Kiesgrube, wo er arbeitete. Franny und ihr Vater waren erst in diesem Monat nach Newburgh gezogen und hatten noch keine

Freunde hier. Als der Standesbeamte nach amerikanischer Art fragte: „Wer übergibt die Braut?", dauerte es mehrere Sekunden, bis dieser sanfte, kleine, gebeugte Mann begriff, daß dies sein Stichwort war, und es wirkte mehr als unnatürlich, als er aufstand und mit zitternden Lippen sagte: „Ihr Vater." Dann hustete er.

Doch Mike hatte nichts gegen diesen Mann; es gab auch keinen Anlaß, etwas gegen ihn zu haben. Er wollte bloß nicht mit ihm zusammenleben, das war alles. Deshalb fing er immer wieder davon an, wie schön es wäre, wenn Franny und er ihre eigene Wohnung hätten.

Schließlich konnte Mike seine Frau nicht gut in sein winziges Zimmer einziehen lassen, nur eine Straßenecke von dem Hotel entfernt, in dem sich Franny und ihr Vater bei ihrer Ankunft in der Stadt eingemietet hatten. Und das Hotelzimmer war zu klein für drei, zu klein eigentlich auch schon für zwei.

Doch sobald er von einer Wohnung anfing, antwortete Franny: „Ach Mike . . ." Und die leise, flehende Stimme, die niedergeschlagenen Augen und das blonde Haar, das ihre Wangen umspielte, ließen sie irgendwie verlassen und verloren aussehen.

„Ich muß aber unbedingt bei meinem Vater bleiben, Mike. Das ist so furchtbar wichtig. Und du weißt, daß ich das nicht sagen würde, wenn es nicht so wäre. Bitte."

„Aber Liebling –"

„Bitte sag nicht nein, Mike. Ich würde sterben, wenn du nein sagst. Es ist wirklich wichtig!"

Er sah, daß sie Angst hatte, wenn sie dies sagte. Eine für Mike geradezu irrationale Angst bei dem bloßen Gedanken, einen Ort für sie alle drei finden zu müssen und die Schwierigkeiten, die es geben würde.

„Okay, Franny."

Einige Tage später, als er erneut von einer Wohnung für sie beide anfing, war die Angst sofort wieder in ihrem Blick, so daß er das Thema fallenließ. Es gab wichtigere Dinge zu bereden, zum Beispiel, daß Mike und Franny in ihrer kurzen Bekanntschaft vor der Hochzeit festgestellt hatten, wie allein sie beide waren, und daß sie es auf verschiedene Art und Weise immer gewesen waren und daß sie nie wirkliche Freunde gehabt hatten, auch nicht als Kinder; und daß das Gefühl der Einsamkeit alles andere in der Erinnerung verdrängte, so daß sie beide plötzlich erwachsen gewesen waren, ohne sich an das Älterwerden erinnern zu können.

Eines Tages, ein paar Wochen vor der Hochzeit, hatte Franny bei einem Abendessen in der Hotelbar Mikes Hand ergriffen, sie festgehalten und gesagt: „Mike, wir . . . wir müssen meinen Vater das Haus aussuchen lassen, wo wir leben werden, wir drei zusammen."

„Müssen . . .?"

„Wir müssen, daran ist nichts zu ändern. Ach Liebling, ärger dich nicht. Außerdem bin ich sicher, daß er einen netten Ort finden wird, und die Miete können wir dann teilen. Bitte."

„Aber Franny, ich verstehe einfach nicht, warum."

Dann sah er, wie sie mit den Tränen kämpfte und gleichzeitig lächelte, damit er den Kampf, den sie mit sich austrug, nicht bemerkte. Und er konnte nichts anderes sagen als das übliche „Okay, Franny."

Viele Dutzend Male wollte er sie fragen. Warum waren Franny und ihr Vater von New York nach Newburgh gezogen, wo sie weder Familie hatten noch sonst jemanden kannten? Und warum wohnten sie in diesem Hotel und nicht in einer normalen Wohnung? Und warum konnte Mike sie nur in der Hotelbar treffen oder in der Lobby oder direkt vor dem Hotel? Warum wollte Franny sich nicht von dem Hotel oder von ihrem Vater entfernen?

Doch vor all diesen Dingen hatte er in der Zeit vor ihrer Hochzeit die Augen verschlossen. Mike hatte gehofft, daß sie nach der Hochzeit richtig zusammensein würden und die Dinge sich dann von selber klärten. Und sich vielleicht als gar nicht so fürchterlich herausstellten . . .

Aber warum hatte ihr Vater ausgerechnet dieses windschiefe, alte Schindelhaus in einer einsamen, heruntergekommenen Straße ausgesucht, voll mit alten, abgewetzten Möbeln, die Franny sich vergeblich mühte sauberzuhalten? Ohne direkte Nachbarn? Nur ein Schrottplatz lag auf der einen und ein freistehendes Gelände auf der anderen Seite, die meisten Häuser und Geschäfte waren mit Brettern vernagelt, und davor führte eine verlassene, mit Schlaglöchern übersäte Straße hinab zum Fluß und der Kiesgrube, in der Mike arbeitete.

Mike wußte, daß dies kein Leben für ein junges

Paar war. Doch Franny beklagte sich nie, und auch das verstand er nicht.

Er selbst war den ganzen Tag bei der Arbeit, und auch ihr Vater war die meiste Zeit unterwegs. Und da war sie nun, ein achtzehnjähriges Mädchen allein zu Hause, und konnte nichts tun, als ein hoffnungslos verdrecktes Loch zu putzen und Fernsehen zu gucken, was sie nicht einmal besonders mochte. Sie war jung und hätte sich mit Leuten treffen sollen, reden, lachen, alberne Späße machen oder wenigstens mit irgendwelchen Nachbarn tratschen sollen.

Und zwei weitere Dinge gab es, die Mike wissen wollte: Frannys Vater schien über genügend Geld zu verfügen, obwohl er keiner geregelten Arbeit nachging und niemals über seine Arbeit sprach. Und der einzige Besucher, den er regelmäßig in dem schmuddeligen Haus empfing, war dieser merkwürdige Nick Maltin, den Mike nie zuvor in Newburgh gesehen hatte. Maltin war ungefähr so alt wie ihr Vater. Er war ein dicker Mann voller Energie, ganz anders als ihr Vater. Aber er war genauso ruhig. Nick Maltin tauchte immer abends auf, wollte aber nie mit ihnen essen.

Als Nick zum zweiten Mal vorbeikam, hatte Mike zu Franny gesagt: „Laß uns doch mal ein paar Leute hierhin einladen, Leute in unserem Alter."

Doch sie hatte geantwortet: „Mein Vater haßt Besuch." Und ihre Augen waren voll Trauer.

Aus all dem schloß er, daß sie ihm etwas über ihren Vater verheimlichte.

Den ganzen Monat ihrer Ehe hatte er es gewußt, als sie in dem schmutzigen Schindelhaus in dieser üblen Straße wohnten. Und er hatte versucht, sich vorzumachen, daß alles seine Richtigkeit hatte und Franny so glücklich war, wie es unter diesen Umständen möglich erschien. Doch nun waren ihre Flitterwochen, die eigentlich gar keine gewesen waren, vorüber, und sie waren weder weggefahren, noch hatten sie eine Nacht ohne ihren Vater unter demselben Dach verbracht.

Nun würden sie wie ein richtiges Ehepaar leben müssen. Sie würden Freunde kennenlernen und das Haus mit Lachen erfüllen, und sie würden Vertrauen in den anderen gewinnen müssen, da sie für Geheimnisse beide zu jung waren.

Außerdem war Mike ziemlich sicher, daß er einen Teil von Frannys Geheimnis gelüftet hatte.

Er hatte eine wichtige Entdeckung gemacht. Eine Entdeckung, die er nicht verschweigen konnte, so sehr er es auch versuchte und so sehr das Schweigsame in der Natur eines großen, einfachen Mannes wie ihm lag.

An diesem schwülen Abend auf der Verandatreppe sagte Mike: „Franny –" Es kam unvermittelt und ein wenig lauter, als er beabsichtigt hatte.

Sie zuckte zusammen, und die Treppenstufe, auf der sie saßen, knarrte. Als sie sich bewegte, nahm Mike wieder ihren leichten Duft wahr, der Geist einer Blüte in der heißen Nacht. Wie er sich danach sehnte, alles vergessen zu können außer diesem Duft, wie gern er ihr einfach gesagt hätte, daß er sie liebte . . .

und vielleicht war das auch das einzige, was wirklich zählte.

Doch so war es nicht. Das war ihm in den letzten Wochen klargeworden.

„Hör zu, Liebes", begann er hastig, seinen Arm eng um sie geschlungen. „Ich weiß nicht, wie ich dir das alles sagen soll, und ich bin sicher, daß das meiste von dem, was ich sage, irgendwie falsch bei dir ankommen muß. Ich kann mich nie richtig ausdrücken, außer vielleicht, wenn ich sage: ‚Ich bin verrückt nach dir, Franny', und das würde jeder Mann sagen, der dich kennt . . . Also, ich muß dir etwas sagen und möchte, daß du genau zuhörst und nicht weggehst, denn wir müssen uns diesen Dingen gemeinsam stellen, Franny. Die Leute halten uns vielleicht für Kinder, aber das sind wir nicht und sind es auch niemals wirklich gewesen. Wir haben uns immer den Dingen gestellt und müssen es auch jetzt tun."

„Klar, Mike, das ist wohl richtig."

„Also", fuhr er ernst fort, „dann werde ich dir jetzt erzählen, was ich in diesem Haus gefunden habe, Franny. In dem Zimmer deines Vaters habe ich eine Waffe gefunden, einen Revolver. Er lag in seinem Schrank unter einigen Dingen versteckt, und er war geladen. Und ich habe noch einen gefunden, unten im Wohnzimmer, in dem Schreibtisch, den dein Vater immer verschlossen hält. Ich mußte die ganze Schublade durchwühlen, um ihn zu finden, und . . ."

In diesem Augenblick klangen die Stimmen der

beiden Männer, Vater und Nick Maltin, in dem Zimmer über der Veranda lauter; doch das war nicht der Grund, warum Mike plötzlich schwieg. Er verstummte, weil Franny zu weinen anfing. Still und leise rannen ihr die Tränen, während sie an seine Schulter gelehnt dasaß. Ab und zu schluchzte sie auf wie ein kleines Mädchen. Mike tätschelte hilflos ihre Schulter und sagte nichts.

Schließlich hob sie den Kopf und schaute ihn an, und er konnte in der Dunkelheit die Tränen sehen, die silberne Spuren auf ihren Wangen hinterließen.

„Ach Mike", flüsterte sie, „warum hast du das getan? In Vaters Zimmer herumschnüffeln und seine Schublade aufbrechen. Ich dachte . . ."

„Ich weiß, was du gedacht hast, Franny", sagte er sanft. „Du hast geglaubt, ich würde deinen Vater niemals wegen irgend etwas verdächtigen, nicht wahr, Liebling? Ich habe niemals etwas gegen ihn gesagt, aber irgendwie hatte ich wohl immer den Verdacht, daß er ein Gauner ist und ihr auf der Flucht seid oder so. Ich habe versucht, das wegzuschieben, bis . . . ja, bis ich die Waffen im Haus gefunden habe. Aber tief in mir drin hab' ich wohl immer geahnt, daß nicht alles so ist, wie es sein soll.

„Ich hätte es dir wohl von Anfang an erzählen müssen, Mike. Es tut mir furchtbar leid. Aber er ist nun mal mein Vater, verstehst du? Ich konnte einfach nicht . . . Das hier ist die ganze Wahrheit, Mike: Mein Vater und dieser Mann da oben waren . . . Also sie waren Partner. Sie haben Einbrüche gemacht, solange ich mich erinnern kann, schon als ich ein kleines Mädchen war, und seit dem Tod meiner Mutter gab es nur uns zwei, meinen Vater und mich. Das ist nicht sehr schön, Mike."

Er sagte leise: „Erzähl weiter, vielleicht fühlst du dich dann besser, Liebes."

„Ich hätte in einem Waisenhaus aufwachsen können wie du, Mike. Statt dessen durfte ich bei meinem Vater bleiben. Wir hatten keine Freunde, nie, denn wir konnten es uns nicht leisten, daß jemand uns zu nahe kam, und deshalb mußten wir ständig unterwegs sein. Ich glaube, wir haben schon überall zwischen Mittlerem Westen und Ostküste gewohnt."

„Und Nicky Maltin war immer bei euch?" fragte Mike.

„Ja, mein Vater war der Kopf, und Nicky setzte die Dinge in die Tat um."

„Und wie sah das aus?" wollte Mike wissen.

„Mein Vater hatte die Aufgabe, herauszufinden, wo in der Stadt es etwas Wertvolles zu stehlen gab. Er wußte solche Sachen von den Geschäftsleuten, für die er bei Versicherungsgesellschaften Geld anlegte, oder von den örtlichen Polizisten und Richtern. Nicky war dann der Partner, der das richtige Gespür hatte, um herauszukriegen, wie man am besten an die Sachen herankam. Es war, als würden sie ihr Geld selber drucken."

„Dann seid ihr also nach Newburgh gekommen, um . . ."

„Nicht für das, was du denkst, Mike. Wir sind hierhergekommen, um Nicky loszuwerden."

Mike sagte langsam: „Das verstehe ich nicht."

„Nun, das hat mit dem anderen Unterschied zwischen Nicky Maltin und meinem Vater zu tun. Vater war klug genug, um zu wissen, wie er das Geld aus den Anteilen bei den Einbrüchen über die Jahre hin anlegen mußte, um sich eines Tages freiwillig aus dem Geschäft zurückziehen zu können. Nicky hingegen ist eher der Typ, der seinen ganzen Anteil sofort bis auf den letzten Penny ausgibt, sobald er das Geld in den Händen hat, bis er dann wieder mittellos dasteht und den nächsten Bruch machen will. Je älter ein Einbrecher wird, desto gefährlicher wird die Arbeit für ihn . . . und desto verzweifelter wird er. Nicky war nicht sehr vorausschauend, und deshalb . . ."

„. . . ist er gefährlich", beendete Mike den Satz für sie.

„Genau."

Mike sagte: „Und jetzt hat Nicky Maltin irgendwie herausgefunden, wo ihr lebt."

„Ich dachte mir, daß es so kommen würde, aber nicht, daß es so schnell gehen würde. Außerdem glaubte ich, jetzt wo mein Vater . . . ich meine, man sieht doch, daß er nicht mehr der Gesündeste ist . . ."

Franny war bedrückt und abwesend. Sie schlang die Arme um ihre Knie, biß sich auf die Lippen und weinte leise. Sie schaukelte hin und her, als spürte sie tief in ihrem Inneren Schmerzen. Mike hielt sie fest. Die Stimmen im Obergeschoß wurden lauter.

„Seit einem Jahr ungefähr läßt er sich von Ärzten untersuchen", sagte Franny. „Und alle sagen ihm, daß er nicht mehr viel Zeit hat . . . verstehst du?" Sie wischte sich die Tränen vom Gesicht. Dann fragte sie: „Mike, hast du noch mehr in Vaters Zimmer gefunden, in dem Schrank, den du durchwühlt hast?"

Mike rief sich den Schrank in Erinnerung. Ein paar Kleider auf Bügeln, darüber das Bord. Die Waffe hatte er unter einem Stapel Pullover gefunden. „Kleider waren da und eine kleine Geldkassette, die ich aber nicht aufbrechen wollte."

Franny nickte in der Dunkelheit. Sie blickte zum Fenster hoch, von wo das Licht und die Stimmen herüber drangen. „Mein Vater und ich haben gehört, daß Nicky auf eigene Faust einen Bruch gemacht und dabei jemanden umgebracht hat. Verstehst du jetzt unsere Situation?"

„Oh, Liebling –"

„Nun, es betrifft uns nicht, nicht direkt auf jeden Fall. Mein Vater war vorsichtig genug, mit Nicky nur solche Dinge zu drehen, bei denen es um versicherte Gegenstände ging und niemand zu Schaden kam, so daß sich nach einigen Jahren niemand mehr dafür interessiert. Dennoch leben wir ständig am Abgrund, und du kannst einfach niemals entspannen und Polizei und Gesetz vergessen, ganz zu schweigen von den ehemaligen Kollegen, die weder Hirn noch Verstand haben . . . Du weißt das wahrscheinlich nicht, Mike, da mein Vater nicht besonders mitteilsam ist und an die Decke gehen würde, wenn er wüßte, daß ich es dir erzähle. Aber er ist so glücklich, daß er sich jetzt zurückgezogen hat und von seinen Zinsen leben kann; und er weiß, daß er nicht mehr lange Zeit hat, aber da er nie wirklich jemanden verletzen mußte, hat er ein reines Gewissen . . . und Mike, er ist ganz unglaublich froh, daß ich dich gefunden habe und daß sein kleines Mädchen vielleicht ein halbwegs normales Leben führen kann . . .''

Und dann fing sie wieder an zu weinen, was mehr besagte als alle Worte.

Mike hielt sie behutsam in den Armen und strich ihr das Haar zurück. Und er fühlte sich wieder selbstsüchtig, weil er sah, daß diese merkwürdige und geheimnisvolle Situation sie viel stärker bedrückt hatte als ihn. Arme Franny, sie hatte niemals nach ihren eigenen Wünschen leben können, ebensowenig wie er es im Waisenhaus gekonnt hatte. Menschen, die so aufgewachsen waren, konnten als Erwachsene entweder irre daran werden oder aber andere lieben und verstehen, die genauso wie sie waren – andere, die auch keine Vergangenheit hatten, an der sie sich festhalten konnten. Auf diese Art hatte sie ihn so schnell und so heftig liebengelernt. Er war blind gewesen. Arme Franny, ihr Vater hatte sie wahrscheinlich als eine Art Deckmantel für seine verbrecherischen Aktivitäten bei sich behalten, anstatt sie in ein Waisenhaus zu geben; er hatte sie um ihre Kindheit betrogen, um Freunde und Nachbarn und Vergnügen; er hatte sie dazu gebracht, sich vor ihrem eigenen Ehemann zu schämen und schuldig zu fühlen.

Verdammt, dachte Mike in einem Ausbruch stillen Zorns, *wenn er schon ein Gauner sein mußte, warum hatte er seine Tochter mit hineinziehen müssen!*

Er zog Franny enger an sich, als ob die Kraft seiner

Umarmung ihr all das geben könnte, was sie nie besessen hatte, und als ob er sie damit vor allen Verletzungen bewahren könnte. Und er legte seinen Kopf auf den ihren.

„Nicht weinen, Franny", flüsterte er.

„O Mike, ich wünschte . . ." Er fühlte, wie ihr Körper sich anspannte, dann packte sie ihn am Arm. „Hör doch!"

Die zwei Stimmen von oben waren jetzt deutlich zu verstehen. Und in der Stimme von Nicky Maltin schwang eine Menge Ärger; als ob es sich nur durch Gewalt würde Luft machen können. „Und du glaubst, ich würde dir diesen Aus-dem-Geschäft-zurückziehen-Quatsch abnehmen?" hörte Mike ihn sagen. „Du kleine miese Ratte, ich könnte jederzeit die Bullen auf dich hetzen und . . ."

„Und? Was ist mit dem Typen, den du in New York erledigt hast?" Die Stimme ihres Vaters war schrill vor Zorn. Er hustete und sagte: „Ich habe davon gehört."

„Von wem weißt du das?"

„Ich habe so meine Quellen. Genauso wie du deine Quellen hast, um mich hier in Newburgh aufzustöbern."

„Okay, vergiß es. Aber du mußt mir bei diesem letzten Dreh helfen, oder ich schwöre dir, ich werde mich an deine kleine Tochter und ihren bescheuerten Mann heranmachen!"

„Oh, einen Moment, Nicky, hör mir zu –"

„Ich habe dir oft genug zugehört! Ich hab' die Nase voll von deinen . . ."

„Nicht so laut, sonst kriegen die da unten noch was mit!"

Ihre Stimmen wurden wieder leiser, und Franny wandte Mike ihr von Panik verzerrtes Gesicht zu, das genau verriet, was als nächstes passieren würde.

Und es passierte schnell.

Mike hörte Geräusche einer Rauferei aus dem Zimmer ihres Vaters, dann den Schuß und Frannys Schrei, den Mike niemals vergessen würde: „Pa, o Pa . . .!" Sie schrie und schrie und zerrte an Mike, als hätte sie Krallen an den Fingern. Dann hörte Mike Schritte auf dem Dach über sich und entnahm aus ihrer Schwere, daß der größere Mann den Schuß überlebt hatte – und schon war Nicky Maltin aus dem Fenster geklettert, gleich würde er zu Boden gesprungen und verschwunden sein, wenn nicht . . .

Innerhalb weniger Sekunden war Mike wieder auf der Veranda. In einer Hand hielt er ungeschickt den Revolver aus dem Wohnzimmer. Er rannte nach draußen und sah, wie Maltins stämmiger Körper sich auf den Rand des Vordaches zubewegte, ein schwarzer Schatten vor dem hellerleuchteten Fenster.

Er rief: „Wirf die Waffe weg!"

Dann, als Maltin den Rand des Daches erreicht hatte, fanden seine Finger den Abzug. Als er sah, daß der Schuß sein Ziel verfehlt hatte, feuerte er noch einmal. Nicky Maltin taumelte und fiel schwer und leblos zu Boden.

Mike stand bewegungslos in der Dunkelheit und starrte auf den Körper des Mörders. Keine Zeugen zeigten sich auf der leeren Straße, keine Lichter gingen in den benachbarten Fenstern an. Der Revolver lag kalt in Mikes Hand, obwohl er gerade zweimal abgefeuert worden war, kalt wie eine Leiche.

Er wußte nicht, wie lange er dort gestanden hatte, als Franny kam und ihre Hand in seine legte. Er sah sie nicht an. Es war etwas mit ihm geschehen, und er spürte, daß er nun, nachdem er einen Menschen getötet hatte, ein anderer war. Er hatte sich verändert und wußte, daß dies auch sein Leben verändern würde, zum Guten oder zum Bösen. Er konnte Franny jetzt nicht in den Arm nehmen und trösten und sagen, wie leid ihm alles tue. Sie kam ihm vor wie ein Kind, das er vor sehr langer Zeit gekannt hatte; ein Kind, das einen Helden aus ihm machen wollte und das er wahrscheinlich besser vergessen sollte.

Doch schließlich konnte er nicht mehr anders und drehte sich langsam zu ihr um. In ihrem Gesicht sah er, daß auch sie sich verändert hatte, für immer.

Sie waren nicht mehr so jung. Und sie waren nicht allein.

„Komm rein, Mike", sagte Franny ruhig. „Wir müssen uns beeilen."

Er versuchte, ihr zuzulächeln, und sie war getröstet, da sie verstand, daß er es nicht konnte, obwohl er es wollte. Und wie war noch der Satz von der Sandkastenliebe? *Wir sind zusammen aufgewachsen.*

„Wir sind zusammen aufgewachsen, Franny. Gerade eben sind wir erwachsen geworden."

„Komm rein, Mike."

Er schüttelte den Kopf und folgte ihr in die Küche auf der Rückseite des Hauses, wo ein Telefon an der

Wand hing. Sie drückte ihn auf einen Stuhl an dem wackligen Tisch, auf den sie die Geldkassette ihres Vaters gelegt hatte. Sie war geöffnet, und in ihr lagen Papiere, Ausweise und Akten. Mike schloß die Augen und versuchte, sich an etwas zu erinnern, doch er stand noch zu sehr unter Schock. Er wußte nur, daß es etwas Wichtiges war, etwas von wirklich großer Bedeutung. Etwas, das er Franny fragen wollte.

,,Vater ist tot, Mike.''

Ja, das war es gewesen, was er hatte fragen wollen! Während er in seiner Benommenheit draußen in der Hitze der Nacht gestanden hatte, war ihm nicht bewußt geworden, daß Franny nach oben gelaufen war. ,,Es tut mir so leid, Liebling.''

Sie schwiegen eine Weile. Dann sagte Franny: ,,Die beiden Revolver, der, den du in der Hand hältst, und der andere oben in Vaters Schrank –''

Mike ließ die Waffe auf den Küchentisch fallen.

,,– sind nicht registriert, was aber nicht weiter schlimm sein dürfte, weil dies ein eindeutiger Fall von Mord und Notwehr ist. Nickys Waffe ist wahrscheinlich auch nicht registriert . . . Vielleicht wird man sie mit dem Mord in New York in Verbindung bringen, womit mein Vater aber auf keinen Fall etwas zu tun hat. Das müssen wir uns immer vor Augen halten . . . Und du brauchst dir keine Sorgen zu machen. Alles, was du getan hast, ist, die Waffe zu benutzen, um Vaters Leben zu verteidigen, und du kennst dich nun mal nicht mit Waffenscheinen und so etwas aus, stimmt's?''

,,Stimmt.''

Sie wies auf die Geldkassette. „Das hier sind seine Versicherungsunterlagen mit seinen Policen, alles Dinge, die er den Geschäftsmännern im Tausch gegen heiße Tips vermittelt hat. Er hatte eine Lebensversicherung, mehrere befristete und sogar einige Versicherungen mit doppeltem Schadensersatz, aber nicht viele, denn er war nicht geldgierig und wollte sich auch nicht unnötig verdächtig machen. Und ich bin die Alleinerbin von allem . . .“

Frannys Augen füllten sich mit Tränen. Sie wischte sie fort und fuhr fort: „Na ja, ich hätte ihm ein anderes Ende gewünscht. Aber, Mike, wir wußten beide, daß er sterben würde, und jetzt bin ich eine wohlhabende Frau.“

„Aber –“

„Mach dir keine Sorgen, Mike. Ich rufe jetzt die Polizei an, weil das geschehen muß, bevor zuviel Zeit verstrichen ist. Dir wird nichts passieren und mir auch nicht. Schlimmstenfalls werden die Polizisten herausbekommen, daß Nicky und mein Vater Komplizen waren; aber beide sind jetzt tot. Und du kannst mir glauben: So wie mein Vater mit den Versicherungsgesellschaften zusammengearbeitet hat, wird niemand Interesse daran haben, die Sache aufzurollen.“

Dann ergriff sie den Telefonhörer und wählte die Nummer der Polizei. Zu Mike sagte sie: „Mach dir keine Sorgen, wir werden es ihnen erklären, und alles kommt in Ordnung.“

„Okay, Franny.“

Als sie fertig war, stand Mike auf, und sie gingen

langsam durch das Haus zurück auf die Veranda, setzten sich dicht nebeneinander auf die Stufen und warteten auf den Polizeiwagen, der die einsame Straße entlangkommen würde.

Und sie fanden es merkwürdig und traurig, daß sie vor nur einer Stunde noch auf Glühwürmchen gewartet hatten, um sich etwas wünschen zu können.

Originaltitel: Who Gives This Bride?
Deutsch von Esther Hansen

Christianna Brand
Segne dieses Haus

Ein schönes Paar. Schon in diesem ersten Moment, so dachte die alte Frau später manchmal, hätte sie die beiden als das erkennen können, was sie wirklich waren. Wie sie dort standen, still und ruhig im Angesicht ihres lauten Zorns, der Junge in hautengen Jeans, in der Hand einen Regenschirm, mit dem er den feinen, abendlichen Nieselregen abhielt – über sich aufgespannt wie einen Mantel –, das Mädchen mit langem, glattem Haar, das wie ein Schleier auf den birnenförmig gewölbten Bauch der Schwangeren herabhing. Obwohl ihr Mißtrauen sofort verflogen war, mußte sie doch noch ihren Ärger loswerden.

„Was wollt ihr hier? Ihr habt kein Recht, einfach vor meinem Fenster zu parken.“

Sie verzichteten, sie darauf hinzuweisen, daß die Straße nicht ihr gehörte. Das Mädchen sagte nur in entschuldigendem Ton:

„Wir wissen nicht, wo wir sonst schlafen sollen.“

„Ihr wißt nicht, wo ihr schlafen sollt?“ Sie blickte auf die unberingten Finger, die die Ränder des knappen Mantels zusammenhielten. „Habt ihr denn kein Zuhause?“

„Wir sind nicht aus London“, sagte der Junge.

„Die letzten Nächte habt ihr doch auch irgendwo geschlafen."

„Da mußten wir raus. Die Vermieterin – Mrs. Mace – ist weggezogen, und statt dessen kam ihr Neffe und beanspruchte das Haus für sich. Seit Tagen sind wir auf der Suche, aber niemand will uns."

„Wegen des Babys", sagte das Mädchen. „Wenn es erst mal da ist, verstehen Sie?"

Ihr Mißtrauen flackerte wieder auf. „Also mich braucht ihr dabei gar nicht anzuschauen. Ich habe überhaupt nichts, nur mein Schlafzimmer hier im Erdgeschoß. Alle anderen Zimmer sind Abstellräume, verriegelt und vernagelt. Und oben ist alles voll."

„Ja, natürlich", sagte das Mädchen, „das meinten wir auch gar nicht. Wir haben im Auto geschlafen."

„Im Auto?" Sie stand auf der obersten Stufe der Vortreppe und starrte auf sie herab, wie sie dort im Schein der Straßenlaterne standen, in einen Schal gehüllt als Schutz gegen den Regen. Sie sagte zu dem Jungen: „Du kannst sie doch nicht da drin schlafen lassen. Nicht in ihrem Zustand."

„Weiß ich ja", antwortete er, „aber was soll ich tun? Deshalb sind wir extra in diese ruhige Gegend gekommen."

„Aber wenn es Sie so stört", sagte das Mädchen, „fahren wir natürlich weiter."

„Dies ist eine öffentliche Straße", sagte sie nicht ganz logisch. Aber sie taten ihr leid, die armen jungen Dinger; und irgendwie war da etwas um sie – ein gewisses Etwas: so wunderschön, so still und ruhig, ausdruckslos, fast farblos, wie Gestalten in einer dunklen, alten Kirche, im Kerzenschein wie an – ja, an Weihnachten. Wie Gestalten aus einem Krippenspiel. Unsicher sagte sie: „Wenn ich euch mit etwas Geld weiterhelfen kann . . .“

Aber das wehrten sie sofort ab. „Nein, nein, wir haben Geld genug, na ja, es reicht irgendwie. Und morgen früh kann er eine Arbeit finden, das ist nicht das Problem. Es ist nur . . .“ Das Mädchen machte langsame, erklärende Handbewegungen. „Wie gesagt, bald kommt das Kind, und niemand will uns aufnehmen. Sie sagen einfach: ‚Tut uns leid, kein Platz.‘“ Hatte sie es da vielleicht schon gewußt – als sie sich selbst, fast gegen ihren Willen, sagen hörte: „Hinten im Garten, also, da ist so eine Art Schuppen . . .“?

Vielleicht war es die Anstrengung – die Ungewißheit, die lange Suche nach einer Unterkunft, die Hoffnungslosigkeit –, auf jeden Fall kam das Baby in derselben Nacht. Keine Zeit für einen Arzt oder eine Hebamme; aber Mrs. Vaughan hatte Erfahrung in diesen Dingen, brachte das Kind gesund auf die Welt, kümmerte sich um die junge Mutter (die sich trotz ihres zerbrechlichen Aussehens als unerwartet widerstandsfähig erwies, ruhig, duldsam, scheinbar unempfindlich gegen jeden Schmerz), bettete sie schließlich bequem auf die alte Matratze in dem Schuppen und deckte sie mit einem sauberen Betttuch zu. „Wenn du wieder aufstehen kannst, sehen wir weiter.“ Zu dem Jungen gewandt, fragte sie scharf: „Was machst du da?“

Er hatte in der Zwischenzeit aus einer Holzkiste eine Art Wiege zusammengenagelt, polsterte sie mit etwas Stoff aus und legte zwei Daunenkissen aus ihrem Auto hinein. Er hatte nichts von ihr genommen, all die Dinge waren ihre eigenen. „Schau, Marilyn, für das Kind."

„O Jo", sagte sie, „du bist der geborene Zimmermann! Mit deinen Händen konntest du schon immer etwas anfangen."

Joseph. Und Marylin. Und Joseph der geborene Zimmermann, der seine Hände zu gebrauchen weiß. Und ein kleiner Junge wird in einem Unterschlupf geboren, weil sonst nirgends Platz für seine Ankunft ist . . . Langsam ließ sie sich auf ihren arthritischen Knien neben der Matratze nieder und nahm mit einem Gefühl von Ehrfurcht im Herzen das Kind aus den Armen seiner Mutter. „Ich werde ihn in die Kiste legen. Da wird er sich wohl fühlen", sagte sie und fügte bei sich hinzu: „Er wäre nicht der erste."

Am nächsten Morgen ließ der Junge ihr etwas Geld für die wichtigsten Besorgungen zurück und ging. Am Abend kehrte er mit Neuigkeiten von einem Job auf der Baustelle zurück. In der narbenübersäten Hand hielt er einen kleinen Strauß Blumen, die schon ihre Köpfe hängen ließen. Sorgfältig teilte er ihn in zwei Hälften, eine für Marylin und eine für Mrs. Vaughan – „bis ich etwas Besseres für Sie finde" –, und ein Veilchen hob er auf und steckte es in die kleine, fleckige Faust des Babys. „Und bis ich etwas Besseres für *dich* finde", sagte er.

Das Kind bekam keinen Namen . . . Andere junge Paare, so dachte sie, würden jede freie Minute damit verbringen, sich etwas „Originelles" einfallen zu lassen, oder würden es nach einem Popstar benennen, irgendeinem langhaarigen, Unsinn redenden Nichtsnutz, der ständig unter Drogeneinfluß stand und seine dünnen Beine in obszönen Sprüngen umherschleuderte. Aber nein, es war „das Baby", „der Kleine". Vielleicht hatten sie nicht den Mut, ihn beim Namen zu nennen, wollten es nicht eingestehen, nicht einmal sich selbst . . .

Denn die alles entscheidende Frage war für sie: *Wieviel wissen sie?*

Doch eigentlich – wieviel wußte sie selbst denn, und was wußte sie wirklich? Das Christkind war schon auf die Welt gekommen, und zwar vor langer Zeit. Ihr schoß der Gedanke der Wiederkunft des Herrn durch den Kopf, aber hätte das nicht großartiger aussehen müssen, ein klar erkennbares Ereignis, irgend etwas Erschütterndes, das das Ende aller Dinge ankündigte? Das Ende. Und der andere war der Anfang gewesen. *Vielleicht,* so dachte sie, *könnte es einen neuen Anfang geben? Vielleicht, wo doch mit der Welt alles falsch gelaufen war, würde sie eine zweite Chance bekommen . . .?*

Sie war seit langem nicht mehr in der Kirche gewesen. Früher, ja, als sie die beiden Mädchen zu guten Katholiken erzogen hatte und sie jeden Sonntag für Messe und Sonntagsschule herausgeputzt hatte. Und was hatte es ihnen gebracht – zwei heidnische GIs, die sie geheiratet hatten und mit denen sie glücklich nach Amerika gegangen waren . . . glücklich oder unglücklich, sie wußte es nicht und konnte sich auch nicht mehr darum kümmern; von beiden hatte sie seit Jahren nichts gehört. Jetzt aber . . . sie setzte ihren alten Hut auf und humpelte auf arthritisgeschädigten Beinen zu St. Stephen's.

Sie fühlte sich in ihre Kindheit zurückversetzt, als sie in dem stickigen, engen Halbdunkel des Beichtstuhls kniete, vor ihr die Umrisse des von einem Bommel gekrönten Biretts, zwischen ihr und dem Pater nur das eiserne Gitter.

„Im Namen des Vaters, des Sohnes und des Heiligen Geistes . . . Nun, mein Kind?"

Er sprach leise und freundlich mit ihr, während draußen die reuigen Sünder unruhig auf und ab gingen. Er sprach über Glück und Fügung, darüber, das Christkind im Herzen zu tragen und nicht zu versuchen . . . nun . . . die Dinge mit dem Verstand begreifen zu wollen . . . Sie bedankte sich, machte aus alter Gewohnheit das Kreuzzeichen und ging. „Die anderen damals haben Ihn auch nicht erkannt", sagte sie zu sich selbst.

Und sie kam zurück zu ihrem Zimmer und sah das sanfte Gesicht über die Wiege des schlafenden Babys gebeugt – und war da nicht . . . doch, gewiß . . . da war etwas wie ein Schimmer um seinen Kopf.

Am Zahltag brachte Jo wieder Blumen mit. Aber die Vase fiel fast unmittelbar darauf herunter, und Blumen und Wasser ergossen sich über den Boden – noch nicht mal für das kleinste Extra war Platz in dem kleinen Zimmer, seitdem Mary wieder aufstehen konnte und in dem Lehnstuhl saß, neben sich die Holzkiste, und das zunehmende Chaos des Säuglingsalters einen Großteil des spärlichen Raumes beanspruchte. Das Auto diente mittlerweile als Abstellraum für alles, was nicht im täglichen Gebrauch war.

„Am Wochenende werde ich uns etwas anderes suchen", sagte Jo.

„Etwas anderes?" fragte sie, als ob der Gedanke ihr völlig fremd wäre. „Aber Marilyn kann in ihrem Zustand nicht umziehen."

„Aber am Wochenende?" fragte er.

„Sie waren so gut zu uns", sagte Marilyn. „Wir können Ihnen einfach nicht noch länger den Platz wegnehmen. Wir müssen woandershin."

Aber das war nicht so leicht. Jeden Abend ging er auf die Suche, doch sobald er das Baby erwähnte, verschlossen sich Herzen und Türen vor ihm. Sie protestierte, daß sie gar nicht wolle, daß sie gingen, daß sie allein sei und sie bei sich behalten wolle, und kniete wie so oft neben der improvisierten Holzwiege nieder und sagte andächtig: „Und ich würde es nicht ertragen, Ihn zu verlieren." So kaufte sie ein gebrauchtes Bett, das sie in den Schuppen stellte, brachte Mary in ihr altes Bett und schlief selbst beglückt auf einer Matratze auf dem Boden, direkt neben der Wiege, so daß sie, sobald sich das Kind nachts rührte, sofort da war und es beruhigen, wiegen und wieder in den Schlaf singen konnte. *Weiß Er das alles?* fragte sie sich dann in der Dunkelheit, *versteht Er es, obwohl Er so klein ist? Versteht das Göttliche in ihm, daß ich es bin, die Ihn in den Armen hält? Ob ich wohl eines Tages zur Rechten Gottes sitzen werde, weil ich auf Erden Seinen eingeborenen Sohn gewiegt habe . . .? (Na ja, seinen zweitgebore-*

nen . . .) Alles war so verworren, und sie hatte nicht den Mut, jemanden zu fragen.

Derzeit hatte sie keine engen Freunde, doch eines Abends, als sie im Pub saß und schon einige Gläser getrunken hatte, erzählte sie es Nellie.

„Du wirst es nicht glauben, wer bei mir wohnt."

Nellie schüttete ihr fünftes dunkles Bier hinunter und äußerte eine recht derbe Vermutung.

„Ein Junge und ein Mädchen", sagte Mrs. Vaughan, ohne darauf einzugehen. „Und ein Kind." Und sie sah Ihn deutlich vor sich, wie er in seinem Bettchen lag. „Sein kleiner Kopf", sagte sie, „um Seinen Kopf herum sieht man so etwas wie – ein Licht. Wie ein Ring aus Licht, der durch die Dunkelheit scheint."

„Wenn du so weitermachst mit der Trinkerei", sagte Nellie barsch, „siehst du bald einen Ring aus Licht um *meinen* Kopf." Und als Mrs. Vaughan etwas schwankend nach Hause gewankt war, vertraute sie dem Barkeeper an: „Allmählich glaube ich wirklich, daß sie nicht mehr alle Tassen im Schrank hat."

„Mir ist nichts aufgefallen", sagte der Barkeeper, der es sich nicht zur Aufgabe gemacht hatte, die Tassen seiner Stammkunden zu zählen.

„Die sind hinter ihren Ersparnissen her", verkündete Nellie der Runde. „Ihr werdet es noch sehen. Die mit ihrem Jesuskind. Die sind schlicht und einfach hinter ihrem Geld her."

Und sie faßte einen Plan. „Hör mal, Billy, du arbeitest doch auf derselben Baustelle wie dieser Jo. Gib ihm doch mal einen Tip in dieser Richtung. Das alte

Mädchen bewahrt ihr Geld in einem Strumpf auf, für ihre Beerdigung. Hat höllische Angst, daß sie auf einem Armenfriedhof endet. Na ja, wer hat das nicht? Aber sie ist geradezu terrorisiert von dem Gedanken.''

In der nächsten Mittagspause schlenderte Billy also zu Jo hinüber. „Hab' gehört, du haust bei der alten Vaughan, da unten beim Pub? Wohl hinter ihrem Geld her, was?'' Und er deutete an zu wissen, wo es versteckt war. „Tu einfach etwas anderes rein. Die kriegt das sowieso nicht mit, bis du längst wieder weg bist. Ein Drittel für mich, wenn ich dir sage, wo es liegt?''

Jetzt erst schaute er Jo ins Gesicht und bemerkte seinen Blick: ein beängstigender Blick. „Er ist von der Arbeit direkt nach Hause gekommen'', erzählte Mrs. Vaughan Nellie abends im Pub, „‚Die anderen sagen, Sie hätten Geld, Mrs. Vaughan‘, hat er gesagt. ‚Wenn das stimmt, schaffen Sie es irgendwo anders hin‘, hat er gesagt, ‚und lassen Sie es alle wissen. Es ist nicht gut, daß Sie hier so alleine leben und die Leute glauben, es gäbe was zu holen.‘'' Und er erklärte ihr, wie sie es am Postschalter einzahlen müsse, damit niemand außer ihr Zugriff darauf hätte. Es waren nur ein paar Pfund, die sie sich für ihre Beerdigung zusammengespart hatte. „Ich könnte es einfach nicht ertragen, in so einem Armengrab zu liegen.''

„Mach dir mal keine Sorgen um dein Grab. Wenn du nicht aufpaßt, landest du nämlich zuerst in der Klapsmühle'', sagte Nellie. „Du mit deinem heiligen

Paar. Sie sind doch in einem Auto gekommen, nicht wahr? Oder etwa auf einem Esel ?!"

„Du hast keine Augen, um zu sehen. Du lebst ja auch nicht mit ihnen."

„Vorher haben sie doch woanders gelebt. Hatten die vorigen Vermieter denn Augen, um zu sehen?"

Wie war noch mal ihr Name gewesen – Mrs. Mace? Hatte Mrs. Mace Augen gehabt zu sehen, hatte sie sie erkannt, noch bevor das Baby da war? „Natürlich nicht", sagte Nellie ärgerlich. „Sie hat sie vor die Tür gesetzt, hab' ich recht?"

„Aber nein, sie ist auf's Land gezogen, und ihr Sohn oder irgendwer brauchte das Haus." Doch wenn sie Mrs. Mace einmal treffen, sich mit ihr austauschen könnte . . .

„Wollt ihr eigentlich nie eure ehemalige Vermieterin besuchen?" fragte sie bei Gelegenheit. „Oder lebt sie zu weit weg?"

„Nein, nicht sehr weit. Nur mit dem Kind . . . Aber egal", sagte Jo, „eigentlich sollten wir bald mal hinfahren, Marilyn, um zu schauen, wie es ihr geht. Wir könnten Sie mitnehmen", schlug er Mrs. Vaughan vor. „Es wäre ein schöner Ausflug, und der Ort ist wirklich wunderschön, ganz im Grünen mit einem kleinen Fluß."

„Oh, das wäre ganz großartig. Ich vermute, daß sie sich gut um euch gekümmert hat, diese Mrs. Mace, oder?"

„Sie war sehr freundlich zu uns", sagte Marilyn, „sehr freundlich."

„Und das Kind? War sie nicht irgendwie entsetzt?"

„Entsetzt? Es hat sie umgeworfen", sagte Jo und fügte mit einem merkwürdigen Ausdruck hinzu: „Ganz still und leise umgeworfen."

Sie hatte es also gewußt. Mrs. Mace wußte es. In Mrs. Vaughans Brust wurde der Wunsch immer heftiger, Mrs. Mace zu sehen, sich mit ihr zu unterhalten, Fragen zu stellen und alles zu bereden. Je vertrauter ihr das Ganze wurde, je mehr der erste Schock ihres unglaublichen Wunders nachließ, desto schwieriger fiel es ihr zu verstehen, warum die anderen ihren Glauben nicht teilten. „Wenn ich es dir doch sage, Sein Kopf ist von einem Lichtschein umgeben!"

Sie erzählte es irgendwelchen Fremden im Bus, Zufallsbekanntschaften, die sie auf dem Weg zum Einkaufen machte. Die Leute heuchelten Interesse und verabschiedeten sich dann eilig. „Arme Frau, noch eine von diesen Verrückten", sagten sie mit dem unfrohen Kichern derjenigen, die mit Erfahrungen, die ihnen selbst fremd sind, nichts anfangen können. So erlangte sie allmählich eine traurige Berühmtheit.

Die Neuigkeiten kamen dem Vermieter zu Ohren, der in der Nähe wohnte. Er ging ins Haus und schaute anschließend bei dem Jungen vorbei.

„Ich habe ihr gesagt, daß ihr nicht alle in diesem winzigen Zimmer wohnen könnt, das geht einfach nicht."

„Aber ich schlafe draußen im Schuppen", sagte Jo.

„Das wird dir nicht mehr lange gefallen", sagte der Vermieter mit einem anzüglichen Grinsen.

Den gleichen Blick hatte Billy auf der Baustelle zu sehen bekommen. Aber der Junge sagte ganz ruhig: „Hätten Sie nicht noch ein Zimmer für uns? Mrs. Vaughan sagte, daß die übrigen Räume nur als Abstellkammern dienen."

„Sie sind alle vermietet – zu welchem Zweck ist mir egal. Im übrigen", fügte der Mann listig hinzu, „ist es mir auch egal, wie ihr lebt oder was ihr tut. Nur. . . drei Erwachsene und ein Kind zum Preis von einem . . ."

„Wenn es das ist, kann ich etwas draufzahlen", sagte Jo. „Das müßte ich schaffen. Es ist nur schwierig, etwas anderes zu finden, das ich mir leisten kann."

„Also mal ganz unter uns", sagte er, als der Junge in seinem Notizblock zu blättern begann, „ich weiß nicht, wie du das siehst. Die alte Dame scheint etwas durch den Wind zu sein. Was ist das eigentlich mit eurem Baby und seinem Heiligenschein? Und dein Mädchen, ist sie . . ." Aber da war wieder dieser Blick. Ein merkwürdiger Blick, fast beängstigend. „Na ja, dieser ganze Kram mit Jesus und all dem. Sie ist wohl einfach verrückt."

„Sie hat gewisse Vorstellungen", antwortete der Junge. „Deshalb ist sie noch nicht verrückt."

Aber nicht alle dachten so. Eines Tages, als Marilyn einkaufen ging und Mrs. Vaughan zu Hause der Anbetung des Kindes überließ, fing die Frau des Gemüsehändlers sie ab.

„Die Leute sagen, daß die Alte nicht mehr alle Tassen im Schrank hat. Ich würde sie nicht mit dem Baby alleine lassen. Könnte gefährlich werden."

So still und schön, das sanfte Gesicht von dem langen glatten Haar umspielt. „Mrs. Vaughan und gefährlich? Sie ist sehr freundlich. Sie würde uns nie etwas Böses tun; sie liebt uns."

„Neulich hat sie erzählt, das Kind liege mit ausgebreiteten Armen da wie – na ja, wie am Kreuz. Sie hat gesagt, es wisse wohl, wie es sterben werde. Also, für mich ist das geradezu Blasphemie!"

„Er liegt wirklich mit ausgebreiteten Armen da."

„Das tun alle Babys manchmal. Und sie behauptet, daß er leuchtet. Sie sagt, sein Kopf sei immer von einem Lichtschein umgeben."

„Ich habe die Lampe auf den Boden gestellt, damit sie ihn nicht blendet. Ein Lichtstrahl fällt durch einen Riß im Holz. Das haben wir ihr auch erklärt."

„Dann hat sie wohl nicht zugehört. Das kommt mir alles sehr merkwürdig vor. Und jeder zerreißt sich das Maul darüber. Die Leute sagen . . ." Sie mußte einen Augenblick Mut sammeln, um der Ruhe des Gesichts zu widerstehen. „Sie sagen, ihr solltet mal einen Arzt zu ihr schicken."

Mrs. Vaughan wehrte natürlich jeden Vorschlag, einen Arzt zu konsultieren, vehement ab. „Warum? Ich bin nicht krank. Es ging mir nie besser." Aber sie war alarmiert. „Ihr glaubt doch nicht etwa, daß mit mir irgend etwas nicht stimmt?"

„Nein, wir finden nur, Sie sehen etwas blaß aus, das ist alles."

„Ich bin nicht blaß, mir geht es so gut wie niemals in meinem Leben. Sogar die Arthritis ist besser geworden, in letzter Zeit hatte ich so gut wie keine Schmerzen mehr."

Und sie wußte auch, warum. Als sie mit Ihm alleine war, hatte sie Seine kleine Hand genommen und auf ihre Knie gelegt, hatte sie sanft und fest über ihre knorrigen Finger geführt. „Schau sie dir an", hatte sie am nächsten Abend im Pub zu Nellie gesagt, „nur noch halb so dick, und die Knöchel sind deutlich abgeschwollen."

„Ich kann keinen Unterschied entdecken", sagte Nellie, die dann aber plötzlich Mrs. Hoskins entdeckte und sofort zu ihr eilen mußte. „Ich kann mir nicht helfen", sagte sie zu Mrs. Hoskins, „aber ich fürchte mich in ihrer Nähe. Woher weiß ich, daß sie nicht plötzlich durchdreht und auf mich losgeht? Das kann so nicht weitergehen."

Mrs. Vaughan hatte bezüglich des Durchdrehens nur eine Sorge: Was würde sie tun, wenn ihre kleine, kostbare Familie sie verlassen würde? Wenn Jo jetzt auf Zimmersuche ging, ließ er nichts mehr darüber verlauten. Wenn andere ihr sagten, sie solle sie gehen lassen, junge Leute bräuchten Raum für sich alleine, antwortete sie, daß es zwischen ihnen nicht „so" sei, daß Marilyn „anders" sei. Aber nichtsdestotrotz waren sie jung und sollten nicht ständig mit einer alten Frau eingesperrt sein. Deshalb setzte sie durch, in den Schuppen zu ziehen, damit sie ihren eigenen Raum hatten; dort sei ein Bett, und das Wetter sei warm und trocken – sie würde sich wohl fühlen. Früher wäre sie abends in den Pub gegangen, um sie allein zu lassen, aber der Pub war nicht mehr das, was er mal war. Die Leute kamen ihr weniger freundlich vor, bedachten sie mit komischen Blicken und, so vermutete sie, machten sich manchmal hinter ihrem Rücken über sie lustig, weil sie Gott beherbergte. Nicht, daß ihr das viel ausgemacht hätte. In jenen Zeiten, damals, hatte auch niemand an Ihn glauben wollen. Aber ich werde es ihnen beweisen, dachte sie. Sie begann, die spielenden Kinder auf der Straße zu beobachten, und wenn eines hinfiel, ließ sie es mit seinen Schrammen und Kratzern hereinbringen und führte die kleine Hand des Babys über die wunden Stellen. „Es hat schon aufgehört zu bluten, siehst du? Als das Baby dich berührt hat, ging es schon viel besser, nicht wahr? Sag, ist es nicht so gewesen?" – „Ja", antwortete dann das Kind und entwand sich ihrem Griff mit dem einzigen Wunsch, von ihr wegzukommen. „Das ist gefährlich", sagten die Mütter, die sich aufgeregt im Geschäft versammelten. „Man kann ja nie wissen, was sie tut, wenn sie die Kinder ins Haus lockt." Und eine Abordnung wurde zu Jo geschickt: „Ihr solltet dem ein Ende machen und sie verlassen. Ihr macht sie ja ganz verrückt mit diesen Ideen."

„Gerade das können wir im Augenblick unmöglich tun", entgegnete Jo. „Sie regt sich schon furchtbar auf, wenn wir nur die Möglichkeit erwähnen."

„Es könnte das Faß zum Überlaufen bringen", sagte Mrs. Hoskins, die von Nellie über alles bestens informiert war. „Es würde sie umwerfen."

„Und dann hätte sie niemanden, der sich um sie kümmert."

„Ihr könnt nicht euer ganzes Leben in einem einzigen Zimmer verbringen."

„Wenn wir etwas anderes fänden und sie mitnehmen könnten . . . Aber wir finden einfach nichts Billiges, und schon gar nichts, wohin sie mitkommen könnte."

„Wie, ihr Kinder wollt euch für immer eine alte, verrückte Frau aufhalsen? Das könnt ihr nicht tun."

„Sie hat sich uns nicht aufgehalst. Wo wären wir jetzt ohne sie?"

Ganz gleich, irgend etwas mußte geschehen. Mit jedem Tag des Zusammenlebens wuchs Mrs. Vaughans Besessenheit. Sie konnte es nicht ertragen, das Baby nicht zu sehen, wollte Marilyn auf allen Spaziergängen mit dem Kind begleiten und verjagte gnadenlos jeden, der versuchte, einen neugierigen Blick auf das berühmte Kind zu werfen. Wenn sie gekommen wären, um es anzubeten, schön und gut. Aber so . . . „Wenn du nicht etwas dagegen unternimmst", sagte die Frau des Gemüsehändlers zu Jo, „werde ich es tun. Sie terrorisiert die ganze Nachbarschaft."

„Sie würde keiner Fliege etwas zuleide tun. Sie glaubt eben, daß unser Kind etwas – Besonderes ist. Wem schadet das?"

„Man kann nie wissen", sprang der Gemüsehändler seiner Gattin bei, obwohl er Mrs. Vaughan eigentlich mochte – wie es im übrigen früher jeder getan hatte. „Manchmal sind sie unberechenbar. Warum bringt ihr sie nicht einfach zu einem Arzt und fragt ihn – oder in ein Krankenhaus?"

„Sie wird in kein Krankenhaus und zu keinem Arzt gehen."

„Man kann sie auch zwingen", sagte die Frau. „Mit Zwangsjacke und so. Man lädt sie einfach in einen von diesen gepolsterten Wagen." Auf jeden Fall, wiederholte sie, wenn nicht bald etwas passierte, würde sie selbst die Polizei holen, und dann sollten die sehen, was sie mit ihr anfingen. „Sie hält die Leute vom Geschäft fern, das kann so nicht weitergehen."

Eilig stimmte er zu und berief kurze Zeit später eine Versammlung der Unzufriedenen ein. „Also, ich habe getan, was ihr mir geraten habt, und bin ins Krankenhaus gegangen. Die haben mich zu einem Spezialarzt geschickt, dem ich alles erzählt habe. Sie werden sie an einen Ort schicken, wo sie keinen Verdacht schöpft, und sie dort unter Beobachtung halten, wie sie es nennen. Außerdem sind da Psychiater und so weiter, die sie behandeln können. Er glaubt, daß es sich um eine vorübergehende Sache handelt und sie völlig geheilt werden kann."

„Na, das ist doch wunderbar! Du und Mary, ihr könnt euch in der Zwischenzeit etwas anderes suchen, und wenn sie zurückkommt und ihr seid nicht mehr da, wird alles wieder gut sein."

„Wir werden auf jeden Fall weggehen, auch wenn wir nichts anderes finden. Wir können nicht riskieren, daß alles von vorne beginnt."

„Diese Dinge gehen nicht so schnell. Also laßt euch Zeit, euch umzuschauen."

„Das ist kein sehr angenehmer Gedanke", sagte er, „wir hier in dem Zimmer und sie in der Klapsmühle."

„Wenn ihr sie jemals dorthin bekommt. Wie willst du sie dazu überreden?"

„Na ja", sagte er, „ich dachte dabei an unsere ehemalige Vermieterin . . ."

„Oh ja, diese Mrs. Mace, von der sie dauernd redet. ,Mrs. Mace weiß alles darüber.' . . . Du erzählst ihr einfach, daß ihr zu Mrs. Mace fahrt."

„Genau das dachte ich auch. Mrs. Mace wohnt jetzt auf dem Land, ungefähr fünfzehn, zwanzig Meilen entfernt. Ich kann sie mit dem Auto hinfahren. Wenn sie glaubt, dort Mrs. Mace zu treffen, wird sie mitkommen. So könnte es funktionieren."

Und es funktionierte. Um mit Mrs. Mace zu reden, war Mrs. Vaughan sogar dazu bereit, für eine Weile das kostbare Kind zu verlassen. Es gab so viele Dinge, die sie verwirrten und bei denen Mrs. Mace ihr vielleicht helfen konnte. Zum Beispiel die Wiederkunft des Herrn oder die Sache, daß keine Könige gekommen waren, noch nicht einmal ein Hirte mit seinen Schafen; und wie war das mit Herodes, der alle männlichen Kinder unbringen ließ? Natürlich, die Zeiten hatten sich geändert, was sollten sie mit einem lebenden Schaf anfangen? Und die Leute liefen eben nicht mehr herum und ermordeten kleine Kinder. Aber man sollte denken, etwas anderes wäre an ihre Stelle getreten, irgend etwas – Sybollisches oder wie das hieß, und es könnte wichtig sein, die Zeichen zu erkennen. Mrs. Mace würde das verstehen, zumindest Verständnis für sie aufbringen, und man könnte über alles reden. Schließlich hatte sie das Paar schon vor dem Baby gekannt, war von den Flügeln des Engel Gabriel gestreift worden, der die Nachricht verkündete. Gegrüßest seist du, Maria, der Herr ist mit dir . . . Sie konnte es kaum erwarten, ihre paar schäbigen Kleider zusammenzusuchen und in einen Pappkarton zu packen. „Marilyn, du wirst dich um alles kümmern, ja? Nur für ein paar Tage. Ich freue mich auf ein paar ausführliche Gespräche mit Mrs. Mace. Meinst du, daß ich bei ihr übernachten kann?"

„Sie hat Platz genug; eine Art Hotel", sagte Jo. „Und ganz wunderschön, mit vielen Blumen und Bäumen. Und viele nette Menschen", fügte er vorsichtshalber hinzu.

„Ich dachte, es sei ein Landhaus? Ich will nur Mrs. Mace sehen. Kann ich bei ihr wohnen?"

„Aber natürlich! Wir haben ihr geschrieben", log Jo, „wie gut Sie zu uns gewesen sind."

„Ich – gut?" fragte sie. „Wenn man bedenkt, was ihr alles für mich getan habt. Daß ihr mich auserwählt habt. Das letzte Mal war es bloß ein Kneipenbesitzer, nicht wahr?" Wie ein Blitz durchfuhr sie der Gedanke, daß vielleicht – wo sie doch ihr Auto in jener Nacht vor dem Pub ein paar Häuser weiter geparkt hatten – gar nicht sie gemeint gewesen war, daß das Paar nur durch einen Zufall bei ihr gelandet war? „Na egal, auch wenn ich es nicht wert war, erwählt zu werden, bleibt doch die Tatsache, daß ich es gewesen bin, die euch bekommen hat – und die

112

euch erkannt hat. Auf den ersten Blick. Das werde ich nie vergessen." So schön, so ruhig und anspruchslos, dort draußen im abendlichen Nieselregen, Maria und Joseph mit dem ungeborenen Jesuskind. Und wie sie damals waren, so waren sie heute noch: ruhig, bedacht, freundlich, zurückhaltend, fast schon farblos, unpersönlich – irgendwie anders als die übrigen, gewöhnlichen Menschen wie sie selbst. Und doch lebten sie mit ihr zusammen in diesem kleinen Zimmer – die Mutter und der Behüter von dem Sohn Gottes; und das Wort war fleischgeworden. Sie kniete nieder und küßte die winzige Hand. „Ich werde zu Dir zurückkommen, mein Herr. Ich werde Dich immer lieben und Dir dienen, das weißt Du. Ich möchte nur alles über Dich wissen; deshalb gehe ich und frage Mrs. Mace." Und ohne die vielen Augenpaare zu bemerken, die sie traurig, mitleidig oder einfach erleichtert beobachteten, stieg sie in das alte, klapprige Auto und fuhr mit Jo davon.

Als er nach Hause kam, stillte Marilyn gerade das Baby. „Du hast ja alles aufgeräumt und saubergemacht", sagte er, erstaunt über die Veränderung. „Da hast du dich aber rangehalten."

„Ich brauchte Ablenkung", sagte sie. Sie wagte sich noch nicht an die entscheidende Frage heran. „Ohne Mrs. Vaughan ist hier eigentlich recht viel Platz. Nicht so viel, wie wir bei Mrs. Mace hatten . . ."

„Wir konnten bei Mrs. Mace nun einmal nicht bleiben, weil dieser Neffe einzog."

„Das weiß ich ja, ich hab's ja nur so gesagt." Und schließlich fragte sie: „Ist alles glattgegangen?"

„Ja, ohne einen Mucks. Sie war natürlich ein bißchen überrascht, als wir ankamen, aber ich habe sie hingehalten, indem ich sagte, bald würden wir Mrs. Mace treffen."

„Und du hast die Stelle problemlos wiedergefunden?"

„Ja. Ein wunderschöner Fleck, einfach perfekt, dort mitten im Wald."

„Und Mrs. Mace?"

„Ist noch da, alles in Ordnung. Ein bißchen einsam, schätze ich. Sie wird sich über die Gesellschaft freuen."

„Sie werden sich gut verstehen." Sie lächelte ihr kühles, stilles, unpersönliches Lächeln und hob das Kind hoch, so daß sein flauschiger, warmer Kopf ihre Wange berührte.

„Auf jeden Fall hat sie ihren Willen bekommen. Ein Armengrab kann man das nun wirklich nicht nennen."

„Nein, ein wunderschöner Ort, und nur für sie und Mrs. Mace; mitten in diesem wunderbaren Wald, genau wie ich es ihr gesagt habe, im Grünen und einem kleinen Fluß." Er kam näher und zog mit seinem Zeigefinger die kleine Furche im Nacken des Babys nach.

„Eigentlich eine Schande, daß ich sie töten mußte. Sie war so eine nette alte Dame. Aber was willst du machen; es ist einfach schwierig, etwas zu finden – wir brauchten das Zimmer."

„Ja", sagte sie, „vor allem jetzt, wo wir den Kleinen haben."

Originaltitel: Bless This House
Deutsch von Esther Hansen

Winifred Holtby
Das Märchen vom gerechten Mord

Es war einmal eine Muster-Mutter, die hatte ein Wunder-Baby. Niemand vor ihr hatte je ein solches Baby besessen. Es war ein Junge, was sonst. Alle Wunder-Babys sind männlich, denn ein Makel ihres Geschlechts hätte ihren Wert um mindestens 25 Prozent gesenkt.

Der Name der Mutter lautete Mrs. Wilkins, und sie hatte einen Ehemann, der Mr. Wilkins hieß. Aber Mr. Wilkins war eigentlich nicht so wichtig. Tatsache ist, daß er der Vater des Kindes war, und dementsprechend schmiß er in der Nacht nach der Geburt im Club eine Runde nach der anderen – wobei er besonnen genug war, dies erst zu tun, als sowieso nur noch zwei Leute an der Bar saßen; denn auch wenn man ein guter Vater sein und das freudige Ereignis gebührend feiern muß, ruft die neue Verantwortung für die Familie doch auch den Kontostand ins Gedächtnis. Daran dachte Mr. Wilkins ziemlich häufig, besonders wenn Mrs. Wilkins eine Ausgabe der *Vogue* kaufte oder anmerkte, daß die Simpsons zwei Häuser weiter ihren Austin Seven gegen einen Bentley getauscht hatten. Die Wilkins hatten noch nicht mal einen alten Ford; andererseits war die Bushaltestelle ganz in der Nähe, und bevor das Wunder-Baby kam, ging Mrs. Wilkins ins Geschäft und bestellte einen ganz besonders schönen Kinderwagen.

Mrs. Wilkins hatte beschlossen, daß sie eine richtig altmodische Mutter sein würde. Sie konnte mit diesen modernen Frauen nichts anfangen, die trinken, rauchen und sich ständig von irgendwelchen Männern herumchauffieren lassen, mit denen sie nicht verheiratet sind. Sie glaubte noch an die alten Ideale von wahrer Weiblichkeit, femininem Charme und Mutterinstinkt. Einmal hatte sie sogar einen Preis im Wert von zehn Schilling bei einer Tageszeitung mit einer Auflage von rund zwei Millionen gewonnen, nur dafür, daß sie diese Meinung in Schönschrift auf eine Postkarte geschrieben hatte.

Vor der Geburt des Babys saß sie jeden Nachmittag mit hochgelegten Füßen im Wohnzimmer und nähte Babysachen. Sie machte lange Umhänge mit mindestens zwanzig Biesen am Saum, kunstvoll bestickte Hemden aus Flanell, jedes von oben bis unten nicht weniger als 120 Zentimeter lang, und süße, flauschige Mützchen sowie winzig kleine, feine Tüllgardinen. Außerdem legte sie eine Kinderwiege mit weißem Musselin aus und schmückte sie mit blauen Bändern; und sie dachte tagaus, tagein an Veilchen, Vergißmeinnicht und die blaue See, damit ihr Kind einmal blaue Augen haben würde. Als Mrs. Burton vom örtlichen Bürgerverein ihr dann mitteilte, daß lange Kleider unhygienisch seien, Vorhänge an der Wiege nur den Staub anlockten und elterliche Erbanlagen weit mehr mit blauen Augen zu tun hätten als Vergißmeinnicht-Gedanken, schüttelte sie nur den Kopf und sagte: „Ach, ihr klugen Frauen wißt einfach so viel, ich hingegen kann mich nur an das halten, was meine liebe Mutter mir beigebracht hat." Mrs. Burton erwiderte: „Im Gegenteil, heutzutage gibt es eine Menge anderer Autoritäten, an die man sich halten muß", und sie brachte drei Broschüren, ein Buch über die Psychologie des Kindes und das Programm einer Vortragsreihe mit dem Titel „Gesundheit, Glück und Sauberkeit im Säuglingsalter" zum Vorschein. Doch Mrs. Wilkins seufzte nur tief und sagte: „Mein armes Hirn ist zu klein, um all das aufzunehmen. Nur Mutterliebe kann mich leiten." Und eine edle Träne rollte über ihre Wangen, und fiel auf eine Baumwollwindel.

Mrs. Burton ging nach Hause und erzählte Mr. Burton, daß Mrs. Wilkins nicht zu helfen sei und ihr Baby zweifelsohne unter Polypen, Wirbelsäulenverkrümmung, Plattfüßen, Mundgeruch, O-Beinen, Verdauungsstörungen und dem Ödipuskomplex zu leiden haben werde. Mr. Burton sagte: „Na dann . . .", und alle waren zufrieden.

Doch das Wilkins-Baby machte ihnen einen Strich durch die Rechnung, indem es kerngesund und ohne jede Mißbildung auf die Welt kam. Es war ein strahlender Junge, und seine mehr als stolzen Eltern tauften ihn Herbert James Rodney Stephen Christopher, alles Namen, da waren sie sich einig, die bestens zu Wilkins paßten. Bei den Feierlichkeiten trug er zwei Baumwollwindeln, vier Flanellhemden, einen bestickten Umhang mit zwanzig handgemachten Biesen, einen Wollmantel, zwei Schals und allerlei andere nötige oder unnötige Kleidungsstücke, und als er in das Gesicht des Pfarrers schaute und aus voller Kehle schrie, sagte seine Tante: „Das bedeutet, daß er ein musikalischer Mensch wird, Gott segne ihn." Seine Mutter hingegen dachte: *Was für einen starken Willen er besitzt! Und welches Einvernehmen zwischen uns herrscht! Wahrscheinlich weiß er schon jetzt, was ich von dem Pfarrer halte.*

In dem ersten Monat, in dem die Hebamme regelmäßig im Haus erschien, kamen Mrs. Wilkins und Herbert ganz wunderbar mit der Mutterliebe zurecht. Doch kaum war die Hebamme weg, begannen die Probleme.

„Mein Kind", hatte Mrs. Wilkins verkündet, „soll niemals wach liegen und schreien müssen wie Mrs. Burtons armer kleiner Wurm. Babys wollen gehätschelt werden." So nahm sie Herbert, wann immer er schrie, sofort hoch und hätschelte ihn. Sie hätschelte ihn am frühen Morgen, wenn er Mr. Wilkins weckte und um vier sein 6-Uhr-Fläschchen wollte. Sie hätschelte ihn um halb sieben und um halb acht und um acht. Drei Tage lang hätschelte sie ihn alle halbe Stunde, und dann gab sie ihm einen Klaps. Es war ganz furchtbar, dies zu tun, aber sie tat es. Sie fütterte ihn, wenn er hungrig aussah, und zeigte ihn allen Nachbarn, die vorbeischauten, und sie behielt ihn im Haus, wenn es regnete, was täglich der Fall war, und sie wiegte ihn, wenn sie selber etwas aß und er nicht gerade mit seinem Fläschchen beschäftigt war. Und Herbert gedieh prächtig.

Aber bei all dem Geschrei und der Wäsche, die im

Garten hing, fingen die Nachbarn allmählich an, sich zu beschweren, und Mrs. Burton sagte: „Du wirst das Kind noch umbringen."

Mrs. Wilkins wußte, daß der Mutterinstinkt die sicherste Richtschnur auf der ganzen Welt darstellte, doch als ihr Mann ihr eine Anzeige im Abendblatt vorhielt, die mit den Worten begann: „Schreit auch Ihr Kind pausenlos?", interessierte sie sich doch dafür. Sie erfuhr, daß Kinder deshalb schreien, weil sie die falsche Nahrung bekommen. „*What-Not's natürliche Verdauungsmilch für Kinder* löst das Problem so vieler Mütter." Mrs. Wilkins entschied, nichts unversucht zu lassen, kaufte eine Probepackung von *What-Not's natürlicher Verdauungsmilch für Kinder* und gab sie Herbert zu trinken. Herbert gedieh prächtig. Er wurde größer und runder und rosiger und süßer denn je. Aber er schrie immer noch.

Mrs. Wilkins stieß auf eine weitere Anzeige im Abendblatt. Und sie erfuhr, daß Kinder deshalb schreien, weil ihnen kalt ist, und daß alle guten Mütter darum *Flopsy's flauschige Babydecken* kaufen sollten. Und da sie eine gute Mutter war, kaufte sie also eine von *Flopsy's flauschigen Babydecken* und wickelte Herbert darin ein. Und Herbert gedieh prächtig. Und schrie immer noch.

Sie fuhr also fort, das Abendblatt zu lesen, zumal beide, sowohl sie als auch Mr. Wilkins, allmählich mit den Nerven am Ende waren, während einer der Nachbarn drohte, sich beim Vermieter zu beschweren, und Mrs. Simpson Tag und Nacht Musik in voller Lautstärke abspielte, um den Lärm zu übertönen, wie sie sagte. Und nun erfuhr Mrs. Wilkins, daß ihr Baby schrie, weil seine Verdauung nicht ordentlich funktionierte, weshalb sie eine Flasche *Hebe's Spezialsaft für das schwierige Kind* kaufte und Herbert jeden Morgen einen Teelöffel davon einflößte. Aber er schrie immer noch.

Dann kam der Frühling. Die Sonne schien, und die Knospen im Garten der Hausnummer sieben waren prächtiger denn je. Mrs. Wilkins schob Herbert in seinem Kinderwagen hinaus in den Garten, und er hörte auf zu schreien.

Sie war eine so nette Frau und eine so stolze Mutter, daß sie sofort den Eigentümern von *What-Not's natürliche Verdauungsmilch für Kinder* und *Flopsy's flauschige Babydecken* und *Hebe's Spezialsaft für das schwierige Kind* schrieb, um ihnen mitzuteilen, daß sie ihre Produkte gekauft hätte und daß Herbert aufgehört habe zu schreien.

Zwei Tage später stand eine hübsche junge Frau vor der Haustür der Wilkins' und sagte, sie komme von der *What-Not's*-GmbH, um sich Herbert anzuschauen, und was für ein schönes Baby er sei und so gesund und ob sie ein Bild machen dürfe. Und Mrs. Wilkins war sehr zufrieden und dachte: *Tja, Herbert ist nun mal das schönste Baby der Welt, ein echtes Pech für Mrs. Burton* und war ganz außerordentlich erfreut. Dann fotografierte die junge Frau Herbert in seinem besten Spitzenkleidchen, wie er gerade aus einer Flasche *Natürliche Verdauungsmilch für Kinder* trank.

Am nächsten Tag kam ein netter älterer Herr von der *Flopsy's flauschige Babydecken*-GmbH und fotografierte den in eine *flauschige Babydecke* gehüllten Herbert. Es war ziemlich warm, und ein Schmetterling flog heran und setzte sich auf die Decke; doch der nette ältere Herr sagte, das sei ganz reizend.

Am nächsten Tag kam ein junger Mann, der mit seiner Hornbrille wie ein Wissenschaftler aussah, und fotografierte Herbert vollkommen nackt auf einem Fell liegend. Als Mr. Wilkins die Sonntagszeitung las, fand er dort sein eigenes Kind abgebildet und darüber in fetten schwarzen Lettern geschrieben: *„Jetzt ist mein Kind nicht mehr schwierig,* erklärt Mrs. Wilkins aus Nummer sieben, The Grove SW10."

Mrs. Burton sah es auch und sagte zu Mr. Burton: „Kein Wunder, wo sie den armen kleinen Wurm endlich um einige Kilo Wolle erleichtert haben."

Mr. und Mrs. Wilkins dachten darüber allerdings ein wenig anders. Sie brachten Herbert zu einem königlichen Hoffotografen und ließen ihn mit Kleidern, ohne Kleider, mit einem Elternteil, mit beiden Eltern, im Stehen und im Sitzen ablichten; und er war immer das schönste Baby, das die Wilkins jemals gesehen hatten.

Eines Tages entdeckten sie in einer großen Sonntagszeitung die Ankündigung für die Prämierung des schönsten Babys der Welt mit einem Siegerpreis von 10 000 Pfund. „Ach, sieh doch nur, Liebling, wie schön", sagte Mrs. Wilkins, „jetzt können wir uns endlich eine Limousine kaufen." Denn natürlich wußte sie, daß Herbert den Preis gewinnen würde.

Und das tat er auch. Für die erste Runde wurde er

aus achtzehn verschiedenen Blickwinkeln fotografiert; dann unterzog man ihn für die zweite Runde einer vertraulichen Begutachtung; für die Vorausscheidung wurde er im Crystal Palace der Öffentlichkeit präsentiert und in der Endausscheidung in einen hellblauen Kinderwagen gesetzt und von drei Ärzten, zwei Kinderkrankenschwestern, einem Kinderpsychologen, einem Filmstar und dem berühmten Modefotografen Mr. Cecil Beaton begutachtet. Anschließend ernannte man ihn zum schönsten Baby Großbritanniens.

Aber das war erst der Anfang. Baby Britain mußte sich noch mit Baby France, Baby Spain, Baby Italy und Baby America messen. Signor Mussolini hatte Baby Italy eine private Nachricht zukommen lassen, was die anderen nationalen Bewerber als unfair empfanden. Die freien Staaten hatten darauf bestanden, Zwillinge zu schicken, die sofort disqualifiziert wurden. Der französische Präsident telegrafierte eine Einladung, die ganze Veranstaltung nach Paris zu verlegen, und die Deutschen machten geltend, daß das Mädchen, das als Baby Poland antrat, im polnischen Korridor geboren war, somit eigentlich als ostpreußisch anzusehen und bitte auch als solches zu registrieren sei.

Doch das war alles nebensächlich. Solcherlei internationale Komplikationen tangierten Herbert nicht im geringsten. Triumphal besiegte er alle seine Konkurrenten und wurde am Abend seines ersten Geburtstags zum Baby World gekrönt.

Damit begann für Mr. und Mrs. Wilkins eine aufregende Zeit. Mrs. Wilkins gab Interviews zu den Themen „Die Kraft der Mutterliebe", „Der süßeste Fratz der Welt" und „Wie ich das Säuglingsalter meisterte". Mr. Wilkins verfaßte einige männlich orientierte Artikel über „Fakten der Vaterschaft" und „Eines Mannes Sohn" – oder besser gesagt, sie wurden ihm von einer begabten jungen Frau geschrieben, bis Mrs. Wilkins beschloß, ebenfalls an den Arbeitstreffen teilzunehmen.

Dann trat eine Verlagsgruppe an Mr. Wilkins mit dem Vorschlag heran, ein Weihnachtsbuch mit dem Titel *Herberts Vater* zu schreiben, darüber, was für zärtliche Gefühle Väter hegten und welch klare, reine Gedanken ihnen durch den Kopf gingen, wenn sie auf die schlafenden Gesichtchen ihrer Söhne herabschauten, und wie seltsam und wunderbar es war, tagtäglich kleine Ebenbilder ihrer selbst in Schönheit aufwachsen zu sehen, und wie herrlich unschuldig und geheimnisvoll märchenhaft die Taten kleiner Kinder waren. Mr. Wilkins hielt dies für eine gute Idee, wenn jemand das Buch für ihn schreiben würde und wenn das Garantiehonorar nicht unter 3 000 Pfund läge, zahlbar am Tag des Erscheinens; doch er müsse erst mit Mrs. Wilkins sprechen. Mrs. Wilkins war ein wenig pikiert. Warum *Herberts Vater*? Welches Recht hatte Vaterschaft vor Mutterschaft? Der Verleger wies auf den Erfolg von Mr. A. A. Milnes *Christopher Robin* hin und auf Mr. Lewis Hinds *Julius Cäsar* und auf Mr. A. S. M. Hutchinsons *Sohn Simon,* ganz zu schweigen von Sir James Barries *Kleiner weißer Vogel.* „Aber keines dieser Kinder war mein Herbert", wandte Mrs. Wilkins ein – was unzweifelhaft zutraf. So schloß man den Vertrag schließlich über *Das Buch Herbert,* geschrieben von seinen Eltern.

Es war ein Erfolg. Erfolg? Es war ein Triumph, ein Aufschrei, eine Explosion. Nichts kam ihm gleich. Es war *das* Weihnachtsgeschenk schlechthin. Die Verkaufszahlen erreichten bereits vor dem 3. Dezember das dritte Hunderttausend. Es wurde als Fortsetzungsserie gleichzeitig im *Abendanzeiger,* im *Glücklichen Heim* und in *Unser Kind* abgedruckt. Der Premierminister erwähnte es bei einem Staatsbankett. Der Prinz verwendete eine witzige Stelle daraus für eine Rundfunkrede über England und das Empire. Die Buchgesellschaft verschlief es leider, das Buch zu empfehlen, aber jede Buchhandlung im Vereinigten Königreich organisierte ihm zu Ehren einen Verkaufsstand, wo neben Fotos von Herbert mit einem Tintenklecks versehene Exemplare aufgestellt waren, die den Hinweis „Herbert, sein Zeichen" trugen.

Und der Herbert-Boom ging weiter. Kleine Seifen-Herberts wurden produziert (diesmal nackt fürs Bad) und an höchst erfreute Kinderhorte verkauft. Die königliche Familie nahm huldvoll einen Elfenbein-Herbert entgegen, den ein treuergebener Bildhauer als Briefbeschwerer angefertigt hatte. Man richtete den offiziellen Herbert-Tag ein, an dem Geld für die Kinderkrankenhäuser ganz Englands gesammelt wurde, und es wurden siebenunddreißig verschiedene Herbert-Kalender, Herbert-Glückwunschkarten und Herbert-Kugelschreiber auf den Markt geworfen – und verkauft.

Mrs. Wilkins fühlte sich in ihrem Glauben bestätigt. Da sah man mal, sagte sie, was Mutterliebe alles bewirken konnte. Mrs. Wilkins verlangte zehn Prozent Beteiligung an jedem verkauften Herbert-Artikel. Und sie erstanden sowohl einen Bentley als auch ein Landhaus in der Nähe von Brighton, sechs neue Kleider für Mrs. Wilkins und einen elektrischen Gefrierschrank, und sie lebten glücklich und zufrieden, bis Herbert heranwuchs.

Und Herbert wuchs heran.

Mit vier Jahren hatte er Löckchen und trug einen Lord-Fauntleroy-Anzug und posierte für Fotografen. Mit vierzehn trug er Pullover, hatte schwarze Fingernägel und sammelte Insekten. Als er die Schule verließ, trug er Knickerbocker und hatte Pickel und fuhr Motorrad und wechselte innerhalb einer halben Stunde dreimal die Krawatte, bevor er der jungen Dame aus dem Tabakladen um die Ecke einen Besuch abstattete. Er wußte genau, was ein anständiger Junge tat, und er wußte ebenso, was ein anständiger Junge nicht tat. Seine Interessen beliefen sich im großen und ganzen auf alle Dinge, welche die Etikette angingen, Edgar Wallace und den Wunsch, seine Vergangenheit abzuschütteln. Seit der Einschulung hatte er immer und überall darauf bestanden, James genannt zu werden. Sein Vater, wohlwissend, daß Jungs nun mal so sind, gab ihm jegliche moralische Unterstützung, und während er allmählich älter wurde, ahnte niemand, daß der junge James Wilkins, dessen Schönheit nicht gerade ins Auge sprang, mit Herbert, dem schönsten Baby der Welt, identisch war.

Einzig Mrs. Wilkins hatte in einem Zimmer, das sie stets verschlossen hielt, ein Herbert-Museum eingerichtet, wo sie Fotografien, Trophäen, Erstausgaben, Seifenfiguren, kleine Statuen aus Elfenbein, Silberpokale und Glückwunschkarten aufgereiht hatte und liebevoll abstaubte. Die Herbert-Welle war abgeebbt, wie es die meisten Wellen tun, und selbst in drittklassigen Varietétheatern konnte ein Herbert-Witz kein müdes Lächeln mehr hervorrufen.

Doch Mrs. Wilkins fiel es schwer, diese Situation zu akzeptieren. Gewiß, das Vermögen der Familie war gesichert, Mr. Wilkins hatte die Gewinne aus den jugendlichen Triumphen seines Sohnes in sicheren Aktien angelegt, und es gab in ganz South Kensington keinen Haushalt, der angesehener war. Aber Mrs. Wilkins hatte die Süße des Ruhmes geschmeckt, und ihr gelüstete es schmerzlich nach mehr.

Eines Tages, als (Herbert) James dreiundzwanzig war, brachte er die Nachricht nach Hause, daß er sich mit Selena Courtney verlobt hatte, der Tochter des alten Courtney, dessen Büro Herbert rund sechs Stunden am Tag mit seiner Anwesenheit schmückte.

Nichts Besseres hätte passieren können. Mr. Wilkins war entzückt, da Courtney – von Courtney, Gilbert & Co. – mindestens eine halbe Million wert war. Herbert war entzückt, weil er gleichzeitig die Freuden junger Liebe und erfolgreichen Snobismus' genoß, was ja, wie man weiß, die vollkommene Erfüllung aller Träume jedes wahren Mannes darstellt. Die Courtneys waren entzückt, weil sie den jungen Wilkins für einen höchst anständigen jungen Mann hielten, der keine dieser komischen Flausen im Kopf hatte. Und Mrs. Wilkins – nun, sie hatte gemischte Gefühle bei der Sache. Schließlich war sie es gewesen, die dieses Wunder geboren hatte, und weder schien sich irgendwer an ihre tragende Rolle bei der Produktion zu erinnern noch das Produkt überhaupt als besonders wunderbar anzusehen. Außerdem war sie, wie es Muster-Müttern zusteht, ein wenig eifersüchtig auf ihre zukünftige Schwiegertochter.

Die Verlobung wurde in der *Times* bekanntgegeben – leicht gelangweilt begaben sich die Reporter zu Mrs. Wilkins' Heim in Kensington. Sie sollte einige Details zum Lebenslauf ihres Sohnes beitragen. „Irgendwelche Abenteuer oder Unfälle? Hat er jemals irgendwelche Preise gewonnen?" fragte ein Reporter.

Das war zu viel. „Folgen Sie mir!" befahl Mrs. Wilkins und führte die Reporter in das verschlossene Zimmer.

Was dort geschah, hatte sich schnell herumgesprochen. Als (Herbert) James am übernächsten Abend das Büro verließ, um zu dem Haus seines zukünftigen Schwiegervaters zu fahren, in der Absicht, seine Verlobte nach dem Dinner zu einer Tanzveranstaltung bei Lady Soxlet auszuführen, sah er Plakate mit der Aufschrift „Das perfekte Baby heiratet". Ohne darauf zu achten, betrat er die U-Bahn-Station; dort entdeckte er weitere Plakate. „Das schönste Baby der Welt wird ein Mann" und „Der kleine Herbert: Endlich verlobt!"

Noch war ihm das ganze Ausmaß des Unglücks nicht bewußt. Doch als er eine Abendzeitung kaufte, sah er dort die fetten schwarzen Lettern auf der Titelseite: „Herberts Identität endlich gelüftet" und darunter die verhängnisvollen Worte: „Der junge Mitbürger unserer Stadt, Mr. James Wilkins, dessen Verlobung mit Miss Selena Courtney, wohnhaft 299 Belgrave Square, vor zwei Tagen bekanntgegeben wurde, ist den Worten seiner Mutter, Mrs. Wilkins, zufolge Herbert, das Wunder-Baby." Es schlossen sich Schilderungen der perfekten Kindheit und Ausschnitte aus der Herbert-Legende an; *What-Not's natürliche Verdauungsmilch für Kinder, Flopsy's flauschige Babydecken* und *Hebe's Spezialsaft für das schwierige Kind* entwarfen schnell einige Werbeseiten mit Illustrationen von Herbert als Kind. Die Verleger von dem *Buch Herbert* kündigten eine Neuauflage an, und eine Tageszeitung mit einer Auflage von über zwei Millionen gab die Absicht bekannt, eine Serie von Artikeln unter dem Titel zu veröffentlichen: „Jetzt ist mein Herbert ein Mann! Von Herberts Mutter."

Herbert fuhr nicht zum Belgrave Square, sondern nach Kensington. Mit seinem Hausschlüssel schloß er die Tür auf und begab sich in die Räume seiner Mutter hinauf. Als er eintrat, saß sie – lachend und vor Freude weinend – über den Abendzeitungen. Dann blickte sie auf und sah ihren Sohn.

„Oh, Liebling", sagte sie, „ich dachte, du wolltest Selena zum Tanzen ausführen?"

„Keine Selena", verkündete Herbert mit drohender Stimme. „Kein Tanzen. Nur ich und du."

Der Höflichkeit halber hätte er ohne Zweifel „du und ich" sagen müssen, auch wenn Höflichkeit ansonsten zu den Pflichten eines anständigen Jungen gehörte.

„Oh, Herbert", rief Mrs. Wilkins ganz außer sich vor Freude. „Dann hatte mein Mutterinstinkt also doch recht. Mütter fühlen so etwas, Liebling. Du bist zu mir zurückgekommen."

„Das bin ich", sagte Herbert.

Und er erwürgte sie mit einem Strang, den er aus Zeitungspapier zurechtgedreht hatte.

Der Richter erklärte die Tat zu entschuldbarem Totschlag. Herbert änderte seinen Namen in William Brown und ging nach Malaya, um dort Tee oder Kautschuk oder sonstwas anzupflanzen, wohin Selena ihm zwei Jahre später folgte. Mr. Wilkins hingegen kümmerte sich bis ins hohe Alter um seine Dividenden, und alle waren nun wirklich sehr glücklich.

Originaltitel: Why Herbert Killed His Mother
Deutsch von Esther Hansen

Barbara Steiner

Du warst immer Mamas Liebling

Zum ersten Mal seit dem Unfall hatte Abby Brendas Zimmer betreten. In ihrem neuen Haus hatten sie ein gemeinsames Bad zwischen ihren Zimmern, doch Abby hielt die Tür zum Reich ihrer Schwester stets verschlossen. Da auch nach dem Gedenkgottesdienst nichts darin verändert wurde, hatte ihre Mutter Brendas Tür zum Flur abgeschlossen.

Abby war nur wegen Donnie hierhergekommen, und sie fühlte sich ein wenig schuldig, wenn sie an ihn dachte. War es sehr schlimm, daß sie sich mit Brendas Freund traf? Zuerst war Donnie zu ihr gekommen, um über Brenda zu sprechen. Eins ergab das andere, und ehe sie sich's versah, ging sie regelmäßig mit ihm aus.

Entgegen ihren Erwartungen spürte sie einen Kloß im Hals, als sie den Raum betrat und ihn durchschritt. Brenda war keine angenehme Schwester. Sie waren keine Freundinnen.

Ihre Hand zitterte, als sie den kühlen, reichverzierten Griff umfaßte und die Lamellentür von Brendas Schrank zur Seite schob. Sofort wurde sie von einer Wolke *Cinnabar* eingehüllt, Brendas Lieblingsparfüm.

„Würdest du mir einen Gefallen tun, Abby?" hatte

Donnie sie gestern abend gefragt. „Zieh doch morgen etwas von Brenda an."

„Du möchtest also, daß ich wie sie aussehe", warf Abby ihm vor. „Gehst du deshalb mit mir aus, Donnie? Weil du nicht wahrhaben willst, daß Brenda tot ist? Redest du dir ein, ich sei Brenda?" Sie wußte, wie zornig ihre Stimme klang, aber das war ihr gleichgültig. Warum ging sie denn mit ihm? Sie hatte Donnie Stover eigentlich nie gemocht, auch vorher nicht. Und jetzt dies.

„Nein, ehrlich, Abby, ich mag dich. Ich mag dich sehr viel mehr, als ich geglaubt hatte. Es ist nur . . . ein Experiment. Bitte, trag Brendas rote Seidenbluse. Die habe ich immer gemocht."

Wenn sie ehrlich zu sich selbst gewesen wäre, hätte Abby zugeben müssen, warum sie nicht nein sagte. Warum sie Donnie nicht zu verstehen gab, er solle sein verrücktes Experiment vergessen.

Sie griff nach der roten Seidenbluse, die Brenda besonders gern getragen hatte. Brenda liebte die Farbe Rot, sie nannte sie ihre Farbe der Macht. Sie besaß viele rote Kleidungsstücke. Abby mochte Rosa lieber.

Rosa. Ein verblaßtes Rot. Abby. Ein verblaßtes Ebenbild Brendas. Sie fand Gefallen an diesem schneidenden, schmerzlichen Gefühl, lachte, zog blitzschnell ihr Sweatshirt aus und streifte die Bluse über. Der seidige Stoff glitt durch ihre Finger, liebkoste ihre Haut, war angenehm kühl auf den Schultern. Macht, Rot bedeutete Macht.

Plötzlich war sie ebenso neugierig wie Donnie. Ihre Jeans behielt sie an – Brenda trug die Bluse meistens zu Jeans. Ihre Füße steckten in flachen, schwarzen Schuhen.

Der Teppich raschelte, als sie zu Brendas Frisiertisch hinüberlief. Sie ließ sich auf den Stuhl fallen und blickte auf die Sprenkel von verschüttetem bronzefarbenen Lidschatten, das Wirrwarr von Stiften und Pinseln, Lippenstifte, Lipgloss, Clearasil, Brendas Asthmaspray – sie mußte ein zweites bei sich gehabt haben, als sie starb.

Sie nahm den Flakon mit *Cinnabar* und tupfte sich etwas davon hinter die Ohren und auf die Handgelenke. Sofort war sie von schwerem, süßlichem Duft umgeben. Sie roch wie Brenda.

Im Spiegel sah sie jedoch noch immer, wie es wirklich war: Die unscheinbare Zwillingsschwester schaute sie an. Es gehörte mehr dazu, Brenda zu sein. Sie öffnete die Schubladen, bis sie den Lockenstab fand, beugte sich vor und schloß ihn an. Dann griff sie nach Brendas Plastikbürste und ließ sie durch ihr Haar gleiten, bis es knisterte und glänzte. Es war fast so lang wie das ihrer Schwester.

Während der Lockenstab heiß wurde, verteilte sie eine Tagescreme, dann Revlons *Cream Beige* auf ihrem Gesicht. Ihre grünen Augen wurden mit bronzefarbenem Lidschatten und hellbraunem Kajal, ihre Wimpern mit besonders ausdrucksstarkem Mascara betont. Sie war nah dran. Fast blickte Brenda sie aus dem Spiegel an.

Es erforderte mehr Geduld, als sie erwartet hatte, ihre goldblonden Strähnen um die Plastikzähne des Lockenstabs zu wickeln, bis die Locken schließlich auf und ab wippten. Brenda zu sein kostete viel Zeit. Hatte Abby sich deshalb früher immer damit abgefunden, daß die Leute sie ansahen und den Kopf schüttelten? Hatte sie sich deshalb angehört, wie sie sagten: „Arme Abby, obwohl die beiden Zwillinge sind, hat sie nichts von Brendas Schönheit. Na, wenigstens hat sie den Verstand ihres Vaters."

Als sie die Augen abwandte, sah sie das Gesicht ihres Vaters vor sich. Sie vermißte ihn sehr. Er war zu jung für einen Herzinfarkt gewesen. Sie biß sich auf die Lippe und dachte einen Moment lang an ihn. Sie vermißte es, mit ihm über ein Buch zu sprechen, das sie beide gelesen hatten, oder sich von ihm bei einem schwierigen Algebraproblem helfen zu lassen. Er blickte sie erstaunt an. *Was tust du da, Abby?*

„Ich weiß es nicht, Dad", flüsterte sie, holte tief Luft, schob sein Bild beiseite und blickte wieder auf ihr eigenes Spiegelbild. Wenn Abby wirklich so klug war, warum saß sie dann hier in Brendas Zimmer? Warum hatte sie sich zurechtgemacht und wartete darauf, daß Donnie an der Tür klingelte?

Donnie Stover hatte den IQ eines Esels, die Muskeln eines Footballspielers und den treuherzigen Blick eines Dackels. Er war Brenda fast ein Jahr lang hechelnd nachgelaufen und hatte darauf gewartet, daß sie ihm einen Knochen hinwarf oder den Kopf tätschelte – welchen kleinen Gunstbeweis Brenda ihm auch erwies.

O. k., ich mache es nur deshalb, weil es ein Experiment ist. Sie lächelte sich selbst zu. Donnies Experiment.

Und wie überrascht würde ihre Mutter bei ihrem

Anblick sein! „Oh, Mom, hab' ich dir das nicht erzählt? Das häßliche Entlein hat sich in einen Schwan verwandelt. Magst du mich jetzt, Mutter? Bin ich jetzt dein Liebling, wo du keine Wahl mehr hast?" Brendas boshaftes Lächeln umspielte die Lippen von Abbys Spiegelbild.

Ding-dong, die Hexe ist tot. Sie steckte ein Papiertaschentuch und das Fläschchen Lipgloss in die Tasche. *Ding-dong,* Rot ist Macht. Lachend rannte sie die Treppe hinunter und öffnete stürmisch die Haustür.

Donnie keuchte, er hatte den Finger in der Luft ausgestreckt und wollte gerade noch einmal klingeln. „Abby?"

„Nein, Brenda. Du wolltest Brenda, jetzt hast du Brenda. Na los."

Donnie folgte ihr schwer atmend zum Wagen. Er sah sie erstaunt an und wartete, bis sie eingestiegen war. Dann warf er die Tür zu.

Drinnen konnte er den Blick nicht von ihr abwenden.

„Also, was habt ihr denn immer so gemacht, du und Brenda?" fragte Abby.

„Wir – wir sind viel herumgefahren." Donnie drehte den Schlüssel um, und der Motor brummte auf.

„Na, dann fahr herum." Abby lächelte. Das Experiment machte ihr Spaß.

Der Spaß dauerte ungefähr eine halbe Stunde. Der Wagen war durchdrungen von Brendas widerlichem Parfüm. Kein Wunder, daß sie Asthma hatte.

Abby glaubte, an Donnies unausgesprochenen Gedanken zu ersticken. Tiefschürfende Diskussionen waren nie sein Ding gewesen, aber in der letzten Zeit hatten sie immerhin einige Gesprächsthemen gefunden, nachdem er nicht mehr über Brenda sprechen wollte.

Wie konnte Brenda nur mit einem Jungen gehen, der nichts Geheimnisvolles an sich hatte und keinerlei Überraschungen versprach? Obwohl Abby sich nicht oft verabredete, kannte sie doch mehrere Jungs, mit denen sie sich tausendmal lieber unterhielt als mit Donnie Stover. Jungs, die Abbys Vater ähnelten. Jungs, die ihr Vater gewiß gemocht hätte.

Aber *eine* Überraschung hatte Donnie für sie. Die Farbe des Himmels war ein sattes Schieferblau, als sie auf der Brücke hielten, von der Brendas Wagen in den Fluß gestürzt war.

„Ich will nicht hierher, Donnie", protestierte Abby. „Warum halten wir hier?" Sie spürte, wie eine Welle von Übelkeit in ihr aufkam und ihr die Kehle zuschnürte.

„Nur eine Minute, Abby. Bitte. Ich bin oft hier."

Abby war seit dem Unfall nicht mehr auf der Brücke gewesen. Sie hatte das zersplitterte Brückengeländer und den dunklen, angeschwollenen Fluß gesehen, das Rauschen des tosenden Wassers gehört. Sie wollte es kein zweites Mal hören oder sehen.

Aber sie stellte fest, daß sie auch nicht im Wagen sitzen bleiben konnte, nachdem Donnie gegangen war. Sie ließ die Tür aufschnappen und schlüpfte hinaus. Der Fluß führte noch immer viel Wasser und brauste unter ihr. Bildete sie sich das nur ein, oder bewegten sich die Planken unter ihren Füßen auf und ab? Sie ergriff das Geländer an einer Stelle, wo es unbeschädigt war, und hielt es fest, bis ihre Finger schmerzten.

„Oh, deine Aufmachung ist perfekt", flüsterte eine vertraute Stimme plötzlich hinter ihr.

Abby wirbelte herum und preßte ihren Rücken gegen das feuchte Holz. „Brenda? Brenda! Du bist – du bist –"

„Nein, ich bin nicht tot, Abby, liebste Schwester, Abby. Große Überraschung, was?" Brenda grinste sie höhnisch an, während sie sich vor Abby postierte, die Hände in die Hüften gestemmt.

„Aber warum? Warum –"

„Das ist eine sehr logische Frage. Du denkst immer so logisch, Abby. Aber sieh dich mal an. Du warst in meinem Zimmer."

„Donnie hat mich geb –"

„Es war meine Idee. Ich war mir nicht sicher, ob du es tun würdest. Aber ich dachte mir, wenn du erst einmal da wärst, würdest du neugierig werden. Du wolltest nie wie ich aussehen, als ich noch lebte, aber du mußtest nicht unscheinbar sein, um anders zu sein. Wir waren immer unterschiedlich."

Abby stellte immer wieder die gleichen Fragen, obwohl ihr Hunderte auf einmal in den Sinn kamen. „Warum hast du Mutter das angetan?"

„Mutter, liebste Mutter. Hat sie um mich getrauert? Hast du es genossen, ihr dabei zuzusehen? Das sollte doch eine süße Rache gewesen sein, zu wissen, daß sie jetzt nur noch dich hat. Ich war immer ihr Liebling, wie du weißt."

Und ob sie das wußte. Brenda mußte sie nicht erst daran erinnern.

Aber Brenda hörte nicht auf zu reden und äffte die hohe Stimme ihrer Mutter nach. „Du bist die Hübscheste, Brenda. Du bist die Klügste. Das ist manchmal so bei Zwillingen. Einer bekommt alles, der andere muß nehmen, was übrigbleibt. Abby hat das bekommen, was übrigbleibt. Das hat sie mir jeden Tag erzählt, Abby. Bis ich es geglaubt habe. Ich bin die Hübscheste. Ich bin die Klügste."

„Aber –"

„Selbst mit meinem Make-up, Abby, selbst wenn wir beide rote Blusen und Jeans tragen – du bist nicht ich. Aber du bist nah genug dran. Niemand wird den Unterschied bemerken. Vor allem, weil ich diejenige bin, die für tot gehalten wird. Nach *meiner* Leiche wird immer noch gesucht."

Eine erste beklemmende Welle der Angst befiel Abby. Mit dem Instinkt eines Menschen, der um jeden Preis überleben will, faßte sie hinter sich und spürte das schützende Geländer in ihrem Rücken. Sie schaute die Straße hinauf und hinunter in der Hoffnung, daß jemand käme. „Was willst du damit sagen, Brenda?"

Anstelle einer Antwort lachte Brenda, dann hustete sie und keuchte ein wenig. „Aber ich glaube, ich kann nicht lange du sein, Abby. Ich werde sagen, daß ich mich entschlossen habe, mehr aus mir zu machen, wie Brenda vorher. Ich werde mir Brendas

Make-up borgen, sie braucht es ja nicht mehr." Diese Vorstellung brachte Brenda noch mehr zum Lachen. „Mütter haben immer ihre Lieblinge. Ich werde Mums Liebling sein, und wir werden glücklich und zufrieden weiterleben. Ich werde nie wieder irgend etwas mit dir teilen müssen."

„Wir mußten doch nie irgend etwas teilen, Brenda", entgegnete Abby und versuchte, durch das Reden Zeit zu gewinnen. „Auch Mutters Liebe nicht, du sagst es ja selbst. Wir haben immer alles in zweifacher Ausführung bekommen, bis zu unseren zwei Zimmern im neuen Haus. Sicher, wir müssen uns das Bad teilen, aber ich habe immer gewartet, bis du fertig warst."

„Du bist so liebenswürdig und rücksichtsvoll, Abby. So lieb, daß es mich krank macht. Es ist besser so, glaube mir."

„Aber warum dieser ausgefeilte Plan, Brenda?" Abby blickte sich um und versuchte, Donnie zu entdecken. Er ging in einiger Entfernung davon, drehte sich aber nach ihnen um. „Warum habt ihr nicht einfach *mich* mit dem Auto von der Brücke stürzen lassen?"

„Ich hab's versucht, Abby, wirklich. Erinnerst du dich, wie ich dich ständig überreden wollte, mit Donnie und mir irgendwohin zu fahren? Aber du wolltest nicht. Du warst schon glücklich, wenn du nur zu Hause deine Nase in ein Buch stecken konntest. Also sind wir zu Plan B übergegangen."

„Wo hast du dich versteckt?" Abby fragte sich, ob sie schneller laufen konnte als Brenda. „Warst du bei

Donnie?" Die Vorstellung, daß Brenda bei Donnie zu Hause saß, während er mit ihr ausging, verursachte ihr ein Kribbeln auf der Haut. Sie erschauderte und bekam eine Gänsehaut auf den Armen.

Brenda lachte erneut. „Machst du Witze? Bei diesem Trottel? Ich bin nur mit ihm gegangen, weil Mom was dagegen hatte. Du weißt schon, rebellieren, unabhängig sein wollen – all das, was richtige Teenager angeblich so tun."

Brenda ahnte, daß Abby versuchen würde zu fliehen. Sie packte Abbys Arm und beförderte sie an die Stelle der Brücke, wo das Geländer weggebrochen war. Während sie miteinander kämpften, konnte Abby das Rauschen des Wassers hören, fast ein Tosen, der Fluß war immer noch angeschwollen von dem vielen Regen der letzten Zeit. Derselbe Regen hatte die Brücke rutschig gemacht und Brendas „Unfall" verursacht. Wahrscheinlich hatten sie und Donnie den Wagen hinuntergestoßen.

Abby stolperte, verlor das Gleichgewicht, aber faßte Brendas Arm. Wenn sie in den Fluß fiel, dann auch Brenda. Die Leere hinter ihr fühlte sich hohl an, wie ein wartendes, magnetisches Loch, das mindestens eine von ihnen verschlingen wollte, wenn nicht gar beide.

Mit der anderen Hand hämmerte sie auf Brenda ein, schlug sie, stieß sie in das Brückengeländer. Durch die harten Schläge mußte Brenda husten. Sie ließ Abby so weit los, daß diese vor ihr zurückweichen konnte.

Ein blitzartiges Krachen zerriß die Luft. Während

der nächsten zwei oder drei Sekunden konnte Abby nur noch den überraschten Gesichtsausdruck ihrer Schwester sehen, als das Geländer nachgab, nach ihr greifen und einen ihrer flatternden Ärmel fassen. Der Stoff riß auseinander und löste sich von Brendas Bluse.

„Abby –" Brendas Schrei verlor sich, als sie in die Tiefe fiel und hinunterstürzte wie eine Stoffpuppe.

Abby blickte auf den roten Fetzen in ihrer Hand und schauderte. Sie fühlte sich, als ginge der Riß durch ihr Herz. *Oh, Brenda, warum nur? Warum? Du hattest doch alles. Und es hat mir nichts ausgemacht, das zu nehmen, was übrigbleibt – meistens zumindest. Ich hab' mich daran gewöhnt. So war es einfach bei uns.*

Die tiefe Traurigkeit, gegen die Abby seit Brendas Unfall angekämpft hatte, stieg wieder in ihr auf und erfüllte sie von neuem. Vorsichtig blickte sie in den Abgrund, bis ihr schwindlig wurde. Die Stoffpuppe war sofort in den dunklen Fluten verschwunden. Sie ließ das Ärmelstückchen fallen. Es fiel immer tiefer und tiefer, wirbelte im Wind über dem tosenden Wasser.

„Brenda, Brenda, bist du o. k.?" Donnie rannte auf sie zu. „Ist es vorbei?"

Er merkte es nicht! Abby spürte, wie in ihr etwas aufwallte, eine bestimmte Kraft, ein Auftrieb des Herzens und der Seele. Sie atmete tief durch.

„Ja, Donnie, es ist vorbei. Jetzt werden sie Abbys Leiche finden und denken, es wäre meine."

Donnie starrte in den Fluß hinunter. „Ich habe sie

wirklich gemocht, Brenda, obwohl ich es nicht erwartet hatte."

„Das ist schon in Ordnung, Donnie. Es macht mir nichts aus."

Als Donnie sie nach Hause brachte, stellte Abby fest, daß ihre Mutter wieder da war, doch sie war nicht auf das gefaßt, was sie sagte.

„Wir haben es geschafft, Brenda. Wir haben es tatsächlich geschafft, was?" Ihre Mutter drückte sie an sich. „Jetzt gehört wirklich alles dir. Ich weiß nicht, warum die Natur mir diesen Streich gespielt hat, mir zwei Töchter zu schenken, obwohl ich doch nur eine wollte. Aber unser Plan hat funktioniert, und wir sind endlich unter uns."

Abby biß sich auf die Lippe. Sie fühlte sich, als hätte Donnie ihr in den Magen geboxt. Aber der Schmerz war viel größer. Dann holte sie tief Luft. „Sag es, Mutter. Ich will es von dir hören. Mich hast du immer mehr geliebt als sie."

„Aber ja, das weißt du doch, Brenda. Du warst immer die Hübscheste, die Klügste. Es ist wahr. Du warst immer mein Liebling." Ihre Mutter drückte sie erneut an sich, so fest, daß Abby zu ersticken glaubte, keine Luft mehr zu bekommen schien. „Jetzt, wo wir deinen Vater und Abby los sind, gibt es nur noch uns beide. Wir werden niemals wieder etwas mit anderen teilen müssen, vor allem unsere wunderbaren Geheimnisse nicht."

Die Leiche wurde fünf Tage später gefunden, mit

Quetschungen und Knochenbrüchen, so daß niemand anzweifelte, wie lange sie im Wasser getrieben war. Diesmal gab es eine richtige Beerdigung für Brenda. Alle ihre Freunde kamen. Die Cheerleadergruppe. Die Footballmannschaft. Ihre Lehrer. Abby stellte fest, daß ihre Tränen aufrichtig waren. Sie vergoß Tränen für Brenda, für ihren Vater, ja sogar für ihre Mutter, und noch mehr für sich selbst.

„Du wirst dich eine Zeitlang wie Abby kleiden müssen, Liebes", hatte ihre Mutter vor der Beerdigung gesagt. „Und darfst kein Make-up tragen. Aber dann werden wir sagen, du hättest dich verändert, und du kannst wieder du selbst sein."

Abby nickte nur und brachte keinen Ton heraus.

Nach sechs Wochen war Abbys Mutter ohne mißtrauisches Nachfragen damit einverstanden, daß sie sich von Donnie trennte.

„Er war sowieso nicht gut genug für dich. Aber geh' glimpflich mit ihm um, Liebling. Schließlich weiß er eine Menge."

O ja, dachte Abby. Und sie wußte auch, wie sie ihm den Abschied versüßen konnte.

„Donnie, ich kann eine Weile mit niemand ausgehen. Ich fühle mich zur Zeit nicht gut, und ich bin sicher eine schlechte Gesellschaft für dich. Aber du wirst darüber hinwegkommen. Nichts hält ewig."

„Brenda, ich –"

„Aber ich weiß etwas anderes, das sehr wohl ewig hält, Donnie." Abby lächelte ihn vielsagend an. Ein großer Dackel. Gutes Hundchen, guter Junge. „Du weißt, was wirklich geschehen ist, als ich meinen Unfall hatte. Dein Schweigen sollte etwas wert sein. Ich weiß, Mutter schätzt dein Schweigen. Aber wahrscheinlich möchte sie dir jeden Monat eine Kleinigkeit zukommen lassen, damit du unser Geheimnis guten Gewissens für dich behalten kannst.''

,,Du meinst – du meinst Geld?'' Donnie blickte sie erstaunt an.

,,Klar. Du hast es dir verdient, und Mutter hat genug davon. Aber du darfst nicht gleich gierig werden und zuviel verlangen. Ich glaube, ein paar Hunderter im Monat dürften genug sein. Und gebe nicht zuviel auf einmal aus, sonst fragen sich die Leute, woher du so viel Geld hast. Dann kommen sie und stecken ihre Nasen in deine Angelegenheiten.''

Donnie begriff und grinste. ,,Bist du sicher, das klappt, Brenda?''

,,Natürlich. Jetzt, wo Abby nicht mehr da ist, gibt es schließlich genug für uns alle. Und Mom liebt es geradezu, mit anderen zu teilen.''

Originaltitel: Mother Always Loved You Best
Deutsch von Stefanie Mierswa

Eric Weiner
Das Verhör

Die Schulleiterin machte die Tür zu ihrem Büro weit auf. Sie blickte hinaus auf das in sich zusammengesunkene Mädchen, das verloren auf dem breiten Ledersofa im Vorzimmer saß und auf sie wartete. Die Schulleiterin lächelte kühl. „Komm rein", sagte sie.

Es war keine Einladung, es war ein Befehl. Das Mädchen erhob sich. Sie sammelte die Bücher auf, die sie neben sich auf dem Sofa gestapelt hatte, und drückte sie wie zum Schutz vor ihre Brust, dann ging sie nach der Schulleiterin in den Raum.

Das Büro der Schulleiterin an der Hadley-Mädchenschule sah aus, als sei es dafür eingerichtet worden, Schülerinnen Geständnisse abzuringen. Die Wandtäfelung aus Walnußholz und die ebenfalls mit Holz verkleidete Zimmerdecke machten den Raum dunkel und verhießen nichts Gutes. Große, in Öl gemalte Porträts von früheren Schulleiterinnen, die alle anklagend herunterzustarren schienen, hingen an den Wänden. Am anderen Ende des Raumes ragte der große Mahagonischreibtisch der Schulleiterin drohend empor, er nahm wie ein Richterpult den ganzen Platz ein. Dem Schreibtisch gegenüber stand ein Holzstuhl mit hoher Lehne, der sich auf einem riesigen roten Orientteppich verlor. Dies war der Stuhl für die Schülerinnen, die der Schulleiterin gegenübertreten mußten, der Stuhl für die Angeklagten.

„Setz dich", sagte die Schulleiterin knapp.

Das Mädchen setzte sich. Sie war fünfzehn und das dritte Jahr in Hadley, aber sie war eins von diesen unscheinbaren Mädchen, die kaum auffallen. Miss Kendrick, die Schulleiterin, konnte sich kaum an sie erinnern.

„Ich nehme an, du weißt, warum du hier bist."

Das Mädchen schüttelte den Kopf.

„Nun komm schon", sagte die Schulleiterin spöttisch. Sie lehnte sich mit verschränkten Armen gegen ihren Schreibtisch. „Du hast nichts von dem Ärger mit Mr. Carr gehört?"

Das Mädchen wand sich. „Ich weiß gar nichts darüber", sagte sie und blinzelte durch ihre Brille

Miss Kendrick sah das Mädchen lange an.

„Wirklich nicht", beteuerte das Mädchen. Doch während sie dies sagte, hämmerte ihr Herz die Worte *Ich weiß doch etwas, ich weiß doch etwas* hinaus. Jedes Mädchen an der Schule wußte Bescheid über das Bild in Mr. Carrs Klassenzimmer.

Es zeigte Mr. Carr und die Schulleiterin eng umschlungen in einer exotischen Stellung, die vermutlich unmöglich war. Beide Personen waren splitternackt, und gewisse Körperteile waren auf geschmacklose Weise überdimensional dargestellt worden. Damit dem Geist der Schule auch genügend Rechnung getragen wurde, hatte die Künstlerin das

Schulwappen von Hadley hinzugefügt, und zwar als Tattoo auf Mr. Carrs . . .

Das Mädchen senkte ihren Blick auf den roten Teppich. Sie wußte nicht nur über das Bild Bescheid, sie fand es sogar ausgesprochen witzig. Allerdings dachte sie nicht im Traum daran, dies auszusprechen.

Miss Kendrick setzte sich. Ihr Stuhl war breiter als der des Mädchens und auch etwas höher. „Also, dann", sagte sie, „bist du vermutlich die letzte, die davon erfährt." Sie lächelte kurz. „Da hat wohl jemand Schweinereien in Mr. Carrs Klassenzimmer gemalt. Mr. Carr ist verständlicherweise außer sich. Und zutiefst verletzt. Ebenso wie ich."

„Das tut mir leid", sagte das Mädchen und rutschte auf ihrem Stuhl hin und her.

„Ach, wirklich?"

„Ja, Madam." Das Mädchen kaute an den Fingernägeln, dann legte sie ihre Hand schnell wieder unter die Bücher in den Schoß.

„Nun, laß mich dir sagen, warum ich so betroffen bin", fuhr die Schulleiterin fort. „Weißt du, was der Ausspruch *In loco parentis* bedeutet?"

Das Mädchen wußte es. Eigentlich schien es ihr, als würde in Hadley über nichts anderes gesprochen. *In loco parentis*, „an Stelle der Eltern". Es bedeutete, daß es in Hadley immer jemanden gab, der einem sagte, was man zu tun und zu lassen hatte.

„Solange ihr innerhalb dieser Mauern lebt", intonierte die Schulleiterin mit ihrer dunklen Stimme, „sind wir für euch Mädchen in jeder Hinsicht verant-

152

wortlich. Vom Aufwachen bis zum Schlafengehen ist es unsere Aufgabe, dafür zu sorgen, daß ihr eine körperliche, geistige, mentale und moralische Erziehung erhaltet. Und dafür ist es unumgänglich, daß ihr uns das Höchstmaß an Respekt entgegenbringt. Verstanden?"

„Ja, Madam."

Die Schulleiterin stützte die Hände auf das glänzende Holz ihres Schreibtisches und richtete sich langsam zu ihrer vollen, majestätischen Größe auf. Sie begann, in dem Raum umherzugehen, und umkreiste dabei die Schülerin. Das Mädchen spürte, wie sich auf ihrer Oberlippe Schweißperlen bildeten. Aber sie ließ ihre Hände unter den Büchern in ihrem Schoß.

„Also. Wir wissen, daß das Bild in der dritten Stunde entstanden sein muß, da dies der einzige Zeitraum ist, in dem Mr. Carrs Klassenzimmer nicht benutzt wird. Wir haben bereits mit fast allen Mädchen gesprochen, die zur fraglichen Zeit eine Freistunde hatten. Du bist die vorletzte."

Das Mädchen blinzelte nervös, dann lächelte sie ein wenig. „Daran bin ich gewöhnt", sagte sie.

Miss Kendrick lächelte nicht zurück. „Ach, wirklich?" fragte sie. Sie stand inzwischen am Fenster und drehte dem Mädchen den Rücken zu. Draußen war ein trüber Novembernachmittag, und das Mädchen konnte eine ihrer Mitschülerinnen über den Hof gehen sehen, sie sah teilnahmslos, einsam und niedergeschlagen aus. Wahrscheinlich auf einem Botengang für eine der älteren Schülerinnen, dachte das Mädchen.

Miss Kendricks nächste Frage klang fast beiläufig: „Hast du es getan?"

Es dauerte eine Sekunde, bis das Mädchen antworten konnte. „Nein!" Ihre Stimme war ganz rauh vor Anspannung.

Die Schulleiterin seufzte. „Das habe ich auch nicht angenommen. Es sieht so aus, als hätte niemand es getan." Sie lachte trocken, als sie sich wieder setzte. „Wahrscheinlich hat sich das Bild von alleine gemalt."

Die Schulleiterin blickte das Mädchen mit ihren blassen grauen Augen fest an. „Wo warst du in der dritten Stunde?"

„Ich . . . ich . . . ich will das nicht sagen."

„Du willst es nicht sagen? Was redest du da?"

„Ich . . . ich kann es eben nicht sagen, es tut mir leid."

„Du kannst also nicht." Lächelnd schaute die Schulleiterin in dem Zimmer umher, als würde sie gemeinsam mit den Gemälden an der Wand über einen Witz lachen. „Nun gut. Dann gibst du also zu, daß du das Bild gemalt hast?"

„Nein!"

„Wo warst du dann?"

Das Mädchen antwortete nicht.

Die Schulleiterin starrte auf die Bücher im Schoß des Mädchens. „Nimm die Bücher herunter", befahl sie.

Die Hände des Mädchens zitterten, als sie die Bücher auf den Teppich legte. Sie schob ihre Hände in die Seitentaschen des karierten Rockes ihrer Schuluniform.

Die Schulleiterin musterte das Mädchen einige Augenblicke prüfend, bis sie zu zittern begann. „In Ordnung", sagte Miss Kendrick. „Zeig mir deine Hände."

„Meine was?"

„Du hast mich schon verstanden. Deine Hände. Zeig sie mir."

Zuerst bewegte sich das Mädchen nicht. Dann zog sie die Hände aus den Taschen. Einen Moment lang ließ das Mädchen sie mit den Handflächen nach unten in ihrem Schoß liegen. Schließlich hob sie langsam und zögerlich die Hände.

„Näher!"

Das Mädchen streckte ihre Hände zum Schreibtisch hin. Die Schulleiterin beugte sich nach vorn.

Die Handflächen des Mädchens waren voller schwarzer Farbspritzer.

Miss Kendrick sah langsam auf, ihre Augen durchbohrten die der Schülerin. Das Mädchen schaute auf ihre Hände.

Dann fing sie an zu weinen, große Tränen rannen über ihre Wangen. „Na gut, ich gebe es zu", sagte sie zaghaft. „Ich habe es gemalt. Ich habe es gemalt. Okay? Ich habe das Bild gemalt."

„Du hast es also getan."

„J. . . ja."

„Bist du dir sicher?"

„Ja! Ja!"

„Du hast dich dort hineingeschlichen und es gemalt?"

„Genau."

„Und deswegen sind deine Hände voller schwarzer Farbe? Ist das richtig?"

„Ja! Ja! Genau, sag' ich doch. Ich habe dieses entsetzliche Bild gemalt!" Die Augen des Mädchens waren verschwommen vor lauter Tränen.

„Nun, warum tut jemand so etwas?" fragte Miss Kendrick.

Das Mädchen schniefte laut und wischte sich die Nase mit dem Handrücken ab. „Ich weiß es auch nicht. Ich glaube, ich hab' gedacht, es wäre witzig."

„Witzig? Du nennst diese Schweinerei witzig?"

„Na ja, nein, das tue ich nicht, jetzt nicht mehr. Es tut mir leid. Sehr leid." Das Mädchen wartete, doch die Schulleiterin sagte nichts, und so fuhr sie fort: „Was soll ich jetzt noch sagen? Es tut mir furchtbar leid."

„Soso."

„Ja, Madam."

Die Schulleiterin schüttelte langsam und bedrohlich den Kopf. „Also gut, raus mit der Sprache", sagte sie. „Was geht hier vor?"

„Wie meinen Sie das?"

„Warum lügst du mich an?"

„Ich weiß nicht, was . . ."

„Du hast die falsche Farbe an den Händen."

„Was? Ich verstehe ni. . ."

„Die kleine Schmiererei in Mr. Carrs Klassenzimmer. . . wurde mit roter Farbe gemalt."

Das Mädchen wollte etwas erwidern, doch sie schloß ihren Mund wieder und schluckte die Worte hinunter.

„*Ausschließlich* in Rot", sagte die Schulleiterin.

Das Mädchen spürte, wie ihr die Röte in die Wangen stieg. Auch die Schulleiterin bekam einen roten Kopf. Sie sahen einander lange an. Dann, plötzlich, fing das Mädchen wieder an zu weinen. Diesmal schluchzte sie laut auf. „Es . . . tut mir so leid", sagte sie gequält. „Mein Gott, es tut mir leid. Ich wollte nicht . . . lügen."

„Damit werden wir uns später befassen", sagte die Schulleiterin. Ihr Tonfall war jetzt fast freundlich. „Jetzt wollen wir nur wissen, wer es getan hat."

„Aber ich . . . ich kann nicht."

„Los jetzt, natürlich kannst du", sagte Miss Kendrick. Ihre Freundlichkeit verschwand genauso schnell, wie sie gekommen war. „Ich will den Namen. Sofort."

Eine letzte Träne rann bis in einen Mundwinkel des Mädchens. „Aber wenn ich es sage, wird sie nicht . . . von der Schule verwiesen. Oder?"

„Das muß dich nicht kümmern."

Das Mädchen sah hinunter auf ihre Hände und starrte angestrengt auf die schwarzen Finger. „Laura war es", sagte sie schließlich.

„Laura wer?" fragte die Schulleiterin, obwohl es nur eine Laura gab, die das Mädchen meinen konnte.

„Laura Templeton", sagte das Mädchen. Sie schlug die Hände vor die Lippen, sichtlich entsetzt von dem, was sie getan hatte. „O Gott", stöhnte sie, „das hätte ich nicht sagen dürfen, ich . . ."

„Natürlich hättest du das", fuhr Miss Kendrick sie

an. Ihre Augen blitzten. Sie war offenbar völlig verblüfft. „Nun rede schon weiter", sagte sie. „Laß uns das zu Ende bringen."

„Nein, ich kann nicht, ich . . ."

Die Schulleiterin schnippte hart mit den Fingern, zweimal, als würde sie ein dressiertes Tier herumkommandieren. „Hör jetzt auf zu weinen", befahl sie. Das Mädchen verstummte. „Warum hat Laura Templeton dieses Bild gemalt?"

„Na ja, es sollte nur ein Spaß sein. Sie hätte nie damit gerechnet, daß Mr. Carr sich so aufregen würde. Sie wollte wirklich nicht . . ."

Das Mädchen warf der Schulleiterin einen flehenden Blick zu, aber Miss Kendricks Gesichtsausdruck ließ keine Hoffnung aufkeimen.

„Und weiter?" drängte Miss Kendrick.

„Nun, als Mr. Carr so wütend wurde, hat Laura einen Riesenschreck bekommen. Und sie sagte mir . . ." Das Mädchen zögerte.

„Was hat sie dir gesagt?"

„Sie sagte mir, wenn ich nicht die Schuld auf mich nehmen würde, dann würde sie dafür sorgen, daß . . .", Ein erneuter Schluchzer entfuhr ihr. „. . . daß kein anderes Mädchen auch nur ein Wort mehr mit mir reden würde."

„Ich verstehe."

Laura Templeton war eine der Schülerinnen, die Miss Kendrick kannte und mochte. Sie war hübsch, beliebt und sportlich. In diesem Jahr war sie als eine der älteren Schülerinnen zu einer der Aufsichten im Bingham-Wohnheim ernannt worden. Die Aufsichten waren dafür verantwortlich, daß alle anderen Schülerinnen sich an die Hausordnung hielten. Nach allem, was Miss Kendrick gehört hatte, kam Laura hervorragend mit ihrer Aufgabe zurecht.

„Ich weiß, so etwas traut man ihr gar nicht zu", sagte das Mädchen. „Aber . . ." Sie hörte auf zu reden.

„Aber was? Hör mir gut zu, mein Fräulein, wir werden hier so lange sitzen bleiben, bis ich alles erfahren habe. Du kannst dir also eine Menge Zeit und Ärger sparen, wenn du mir jetzt ganz genau erzählst, was da passiert ist!"

Das Mädchen seufzte. „Sie behandelt uns wie ihre Sklavinnen", begann sie leise.

„Sklavinnen? Was ist denn das für ein Unsinn? Sie ist nur eine Aufsicht."

Das Mädchen nickte. „Wenn sie will, kann sie einem das Leben wirklich zur . . . Hölle machen."

„Rede weiter", befahl die Schulleiterin, „ich will die ganze Geschichte hören."

Das Mädchen folgte der Aufforderung. Sie erzählte alles, all die Dinge, die ihre Lehrer nicht über Laura wußten. Daß Laura höchsten Respekt verlangte. Und wenn man sich ihr widersetzte, dann bekam sie einen zu fassen. Laura und ihre Freundinnen würden einem das Bettlaken zerschneiden. Die Bücher aus den Armen schlagen, wenn sie einen unterwegs trafen. Kaffee über die Hausaufgaben schütten. Den Wecker verstellen, damit man zu spät zum Unterricht kam. Wenn Laura auf jemanden so richtig wütend war, brachte sie das ganze Wohnheim dazu, den Namen dieses Mädchens vor der Versammlung höhnisch zu rufen.

. Als sie den letzten Punkt hörte, errötete die Schulleiterin erneut. Sie hatte dieses Jahr bei der Versammlung jede Menge Gemurmel vernommen, und es war ihr nicht gelungen, es zu unterbinden.

„Vieles davon sind nur Kleinigkeiten, wissen Sie?" fuhr das Mädchen fort. „Aber irgendwie wird alles zusammen ganz schön viel. Und wenn man ihre Gunst wiedererlangen möchte? Nun, dann muß man Lauras Dienstmädchen werden. Und man muß ihr all diese Gefallen tun. Egal, worum sie einen bittet, man muß es tun und . . ."

Plötzlich hielt das Mädchen inne, als hätte sie bemerkt, was sie mit ihren Worten angerichtet hatte.

„Und so ist es auch bei dir?" erkundigte sich die Schulleiterin.

Das Mädchen nickte, die Augen wieder voller Tränen.

„Und du mußtest ihr diesmal den Gefallen tun, für etwas geradezustehen, was du gar nicht getan hast?"

Sie nickte erneut.

Miss Kendrick dachte einen Augenblick nach. „In Ordnung", sagte sie schließlich. „Du kannst gehen."

Sie begleitete das Mädchen zur Tür. Bevor sie die Tür öffnete, sagte Miss Kendrick ihr, daß sie das Gespräch erst einmal für sich behalten solle. Das Mädchen versprach, sich daran zu halten. Dann öffnete die Schulleiterin die Tür und sagte: „Laura, du kannst hereinkommen."

Laura Templeton saß wartend auf demselben Sofa, auf dem auch das Mädchen gewartet hatte. Das Mädchen blieb kurz stehen, als sie Laura erblickte.

Laura stand auf und lächelte Miss Kendrick strahlend an.

Sosehr das Mädchen Laura auch haßte, ihr Anblick verursachte in ihr ein stechendes Schuldgefühl.

Dann ging sie davon. Ihr Herz klopfte wie verrückt.

Um ein Uhr dreißig in derselben Nacht, lange nachdem alle anderen Bewohnerinnen des Bingham-Wohnheims schlafen gegangen waren, lag das Mädchen noch hellwach. Sie schlich aus ihrem Zimmer und ging leise über den Flur ins Badezimmer.

Das Bad war leer. Auch jetzt wollte das Mädchen kein Risiko eingehen. Sie zog ihren Bademantel aus und ging in eine der beiden Duschkabinen, wo man durch einen Vorhang für sich war. Sie drehte die Duschhähne voll auf.

An diesem Nachmittag hatten die Leiter des Wohnheims Lauras Zimmer durchsucht und einen rotverschmierten Pinsel gefunden. Es hieß, daß sie von der Schule verwiesen werden sollte.

Sorgfältig rieb das Mädchen ihre Hände. Die schwarze Farbe lief an ihren Beinen herunter und wirbelte durch den kleinen Abfluß aus Metall.

Dann begann sie mit der roten Farbschicht darunter.

Originaltitel: The Interrogation
Deutsch von Angela Troni

Sara Paretsky

Die Malteser Katze

I

Ihre Stimme hatte am Telefon weich und ein wenig belegt geklungen, mit einem Hauch von Südstaatenakzent, wie ein seltenes Parfüm. „Ich würde lieber in Ihr Büro kommen; ich möchte nicht, daß die Leute in meinem Büro erfahren, daß ich einen Detektiv engagiert habe."

Ich bot mich an, sie am Abend bei sich zu Hause aufzusuchen – mein spartanisches Büro inspiriert Klienten nicht dazu, Vertrauen zu schenken. Aber sie wollte nicht bis zum Abend warten. Sie wollte gleich kommen, am liebsten sofort und, nein, in einem Restaurant wollte sie sich nicht mit mir treffen. Dort konnte man nicht richtig miteinander reden. Es ginge um etwas äußerst Persönliches.

„Sie wissen, daß ich mich auf Finanzstraftaten spezialisiert habe, nicht wahr?" fragte ich scharf.

„Ja, so bin ich ja auf Ihren Namen gekommen. Ein Uhr, im vierten Stock des Pulteney, einverstanden?" Und dann hatte sie aufgelegt, ohne mir ihren Namen zu sagen. Ich hatte im Bezirksgebäude etwas zu erledigen, was länger dauerte, als ich erwartet hatte. Als ich zum Pulteney zurückkam, war es schon beinahe halb zwei. Das Problem meiner Besucherin war al-

164

lem Anschein nach äußerst dringlicher Natur: Sie wartete vor meiner Bürotür, und ihr rechter hoher Absatz tippte ungeduldig auf den Boden, als ich in meinen Turnschuhen über den Korridor getrottet kam.

„Ms. Warshawski! Ich hatte schon gedacht, Sie würden mich versetzen."

„Da haben Sie sich zu früh gefreut", entgegnete ich und öffnete ihr die Bürotür.

In dem schwach beleuchteten Flur war sie nur eine schlanke Silhouette gewesen. In der Bürobeleuchtung verrieten mir jetzt die Schulterpartie ihres Kostüms und die typischen Knöpfe, daß jemand bei Chanel es geschneidert hatte. Sein Blau hob die Kobaltfarbe ihrer Augen hervor. Weiches Make-up verbarg ihre natürlichen Hauttöne – ich konnte nicht erkennen, ob dieses dunkelrote Haar natürlich oder nur kunstvoll gefärbt war.

Ihr Blick wanderte über das spärliche Mobiliar, und dann wählte sie den saubereren meiner zwei Besuchersessel aus. „Meine Zeit ist wertvoll, Ms. Warshawski. Wenn ich gewußt hätte, daß Sie mich warten lassen und sogar ohne eine Sitzgelegenheit, hätte ich vorher noch ein paar Telefonate erledigt."

Ich hatte mir Jeans und ein Arbeitshemd angezogen, weil ich vorgehabt hatte, den Tag im Katasteramt zu verbringen. Ich fühlte mich also schmutzig und deklassiert, und das machte mich mürrisch. „Sie haben aufgelegt, ohne Ihren Namen oder Ihre Telefonnummer zu sagen. Ich hatte keine Chance, Ihnen Bescheid zu geben, daß Sie in Ihren spitzen kleinen

Schuhen herumstehen müssen. Meine Zeit ist auch wertvoll! Wie wär's, wenn Sie mir sagen würden, wo es brennt, damit ich anfangen kann zu löschen."

Ihr Gesicht rötete sich. Wenn ich rot werde, sehe ich fleckig aus, aber bei ihr betonte es nur ihr Make-up. „Es geht um meine Schwester." Der Südstaatenakzent verstärkte sich. „Corinne. Sie ist weggelaufen zu Ja –, zu meinem Exehemann, und ich brauche jemanden, der ihr sagt, daß sie zurückkommen soll."

Ich verzog das Gesicht, zeigte Entrüstung. „Ich kann einfach nicht glauben, daß ich vom Bezirksgebäude im Laufschritt hierhergerannt bin, um mir das anzuhören. Wir schreiben doch nicht mehr 1890, wissen Sie. Es mag ja sein, daß sie einen Fehler macht. Aber vermutlich wird sie das dann auch selbst wieder ins reine bringen können."

Die Rötung in ihrem Gesicht verstärkte sich. „Ich drücke mich vielleicht nicht ganz klar aus. Tut mir leid. Ich bin es nicht gewöhnt, daß ich um etwas bitten muß. Meine Schwester Corinne ist erst vierzehn. Ich bin ihr Vormund. Ich bin sechzehn Jahre älter als sie. Unsere Eltern sind vor drei Jahren gestorben, und seitdem lebt sie bei mir. Das ist nicht leicht, für uns beide nicht. Der Umzug von Mobile hierher war erst der Anfang. Als sie hierherkam, wollte sie sich rumtreiben, wollte all das tun, was man in Mobile nicht tun kann."

Sie machte eine vielsagende Handbewegung, um damit anzudeuten, was das für Dinge sein mochten. „Sie hält mich für ein stures Miststück und ist auch der Ansicht, daß ich meinen Exehemann zu hart anpacke. Sie kennt ihn seit ihrem dritten Lebensjahr, und er war für sie ein großer Held. Daß er sich verändert hat, hat sie nicht mitgekriegt. Verändert ist vielleicht nicht das richtige Wort. Er hatte nur keine Chance mehr, in der Öffentlichkeit den Helden herauszukehren. Als sie daher vor zwei Tagen abgehauen ist, dachte ich, sie sei zu ihm gegangen. Er meldet sich nicht am Telefon und geht auch nicht an die Tür. Ich weiß nicht, ob sie die Stadt verlassen haben oder ob er sich bloß versteckt oder was sonst. Ich brauche jemanden, der weiß, wie man die Leute dazu bringt, die Tür aufzumachen, und wie man mit Leuten redet. Wenn ich wenigstens Corinne sprechen könnte, dann würde ich – ach, ich weiß nicht.''

Sie brach mitten im Satz mit einer hilflosen Handbewegung ab, die überhaupt nicht zu ihrem weltgewandten Aussehen paßte. Aber die Verantwortung für eine Minderjährige kann auch den Weltgewandtesten ziemlich fertigmachen.

Meine Miene wurde noch grimmiger. ,,Wie wär's, wenn wir mit Ihrem Namen und dem Namen Ihres Mannes und seiner Adresse anfangen und uns anschließend ihre Freunde vornehmen?''

,,Ihre Freunde?'' Ihre tiefblauen Augen weiteten sich. ,,Mir wäre wirklich lieber, wenn das nicht bekannt würde. Die Leute reden schließlich, und auch wenn wir nicht mehr 1890 schreiben, würde sie das doch belasten, wenn sie wieder auf die Schule zurückkommt.''

Am liebsten hätte ich laut aufgeschrien, ließ es aber bleiben. ,,Sie können nicht hier aufkreuzen und verlangen, daß ich meine Erfahrung für Sie einsetze, und mir dann sagen, was ich tun darf und was nicht. Was ist denn, wenn sie gar nicht bei Ihrem Mann ist? Und was ist, wenn ich nicht mit Ihnen in Verbindung treten kann, wenn ich das herausgefunden habe, und sie bis zum Hals in irgendeinem Schlamassel steckt und ihr Leben davon abhängt, daß ich irgendwelche neuen Hinweise ausgrabe? Wenn Sie sich nicht dazu überwinden können, ein paar Namen rauszurücken – angefangen mit Ihrem eigenen –, dann ist es wohl besser, wenn Sie sich jemand Gefügigeren als Detektiv suchen. Ich könnte Ihnen ein oder zwei empfehlen, die sogar Wartezimmer haben."

Sie preßte die Lippen zusammen: Was auch immer sie tat, sie war gewöhnt, das Sagen zu haben – Leute redeten einfach nicht so mit ihr, ohne daß das Folgen für sie hatte. Ein paar Sekunden lang sah es so aus, als könnte ich den Rest des Nachmittags wieder auf dem Katasteramt verbringen. Aber dann schüttelte sie den Kopf und zwang ihre Lippen in ein Lächeln.

„Man hat mir empfohlen, mir aus Ihrer schroffen Art nichts zu machen, weil Sie die Beste in Ihrer Branche sind. Ich bin Brigitte LeBlanc. Meine Schwester heißt Corinne, ebenfalls LeBlanc. Und mein Exehemann ist Charles Pierce." Sie rollte ihren Sessel an meinen Schreibtisch, um seine Adresse auf ein Blatt Papier schreiben zu können, das sie von einem Notizblock in ihrer Tasche gerissen hatte. Sie kritzelte ein paar Minuten lang emsig und reichte mir dann eine Liste, auf der neben Pierces Adresse auch Corinnes drei beste Schulfreundinnen aufgeführt waren.

„Ich muß zu einer Besprechung und bin bereits verspätet. Ich rufe Sie heute abend an, um zu hören, ob Sie irgendwelche Fortschritte gemacht haben." Sie stand auf.

„Nicht so schnell", sagte ich. „Ich bekomme einen Vorschuß. Sie müssen einen Vertrag unterschreiben. Und ich brauche eine Nummer, wo ich Sie erreichen kann."

„Ich bin wirklich spät dran."

„Und ich bin wirklich zu beschäftigt, um Jagd auf Ihre Schwester zu machen. Falls Sie eine Schwester haben. Wenn Ihnen Ihre Besprechung wichtiger ist als Ihre Schwester, kann Ihre Sorge um sie ja nicht so groß sein."

Ihr finsterer Blick hätte mir angst gemacht, wenn ich ihr nach Einbruch der Dunkelheit in einer finsteren Gasse begegnet wäre.

„Ich habe eine Schwester. Und ich habe zwei Tage lang versucht, mir Zugang zur Wohnung meines Exehemannes zu verschaffen, und mich anschließend darum bemüht, Leute aufzuspüren, die mir einen Privatdetektiv empfehlen können. Mehr kann ich für sie jetzt nicht mehr tun, bloß das Geld verdienen, um Ihr Honorar zu bezahlen."

Ich zog einen Vertrag aus meiner Schublade und steckte ihn in die mechanische Olivetti, die einmal meiner Mutter gehört hatte – eine Schreibmaschine, die so alt war, daß ich die speziellen Farbbänder dafür aus Italien bestellen mußte. Ein Computer wäre billiger und eindrucksvoller gewesen, aber die mechanische Schreibmaschine ist besser für meine Handgelenke und hält meine Arme im Training. Ich brachte Ms. LeBlanc dazu, mir ihre Adresse zu geben, sich mit ihrer Unterschrift auf der gepunkteten Linie zur Zahlung von vierhundert Dollar täglich plus Spesen zu verpflichten, den Namen des Bankinstituts einzutragen, das den Betrag garantierte, und mir einen Scheck über zweihundert auszuhändigen.

Als sie gegangen war, veranstaltete ich einen kleinen Ringkampf mit meinen Bürofenstern, in der Hoffnung, daß ein wenig Luft hereinkommen und ihr teures Parfüm wegblasen würde. Rußflocken von der Hochbahn wären mir lieber als dieser Duft, aber die ein paar hundertmal überstrichenen Fenster ließen sich nicht von der Stelle bewegen. Ich schaltete meinen Schreibtischventilator ein und blickte dann finster und säuerlich auf die kräftigen schwarzen Schriftzüge ihrer Unterschrift.

Wie hieß ihr Exehemann wirklich? Sie hatte etwas geäußert, das wie „Ja –" klang. Das könnte James oder Jake bedeuten, aber ganz sicherlich nicht Charles. Hatte sie wirklich eine Schwester? War das Ganze bloß ein Trick, um einen Typen zu schnappen, der sich mit seinen Alimentenzahlungen verspätet hatte? Die Adresse von Pierce an der North Winthrop klang allerdings nicht gerade nach jemanden, der sich Unterhaltszahlungen leisten konnte. Vielleicht ging alles für ihre Chanelkostüme drauf, und er lebte von der Wohlfahrt.

Sie stand nicht im Telefonbuch, also konnte ich ihre eigene Adresse an der Belden nicht überprüfen. Die Auskunft sagte mir, ihre Nummer sei nicht eingetragen. Ich rief eine Bekannte bei der Fort Dearborn Trust an, das war die Bank, auf die Brigittes Scheck ausgestellt war, und man versicherte mir, daß da noch genügend auf dem Konto war. Meine Bekannte sagte mir, Ms. LeBlanc habe die Erträge einer Laufbahn als hochkarätiges Model in einer äußerst erfolgreichen Mediaberatungsfirma angelegt.

„Und wenn du je den Modeteil lesen würdest, wüßtest du so etwas. Du solltest deine Nase wirklich nicht ausschließlich in den Sportteil stecken, Vic – das wäre deiner Karriere förderlich."

„Danke, Eva." Ich legte auf. Wenigstens stimmte der Name meiner Klientin, und das war für einen Fall, der leicht ins Geschmacklose abrutschen konnte, schon einmal ein guter Anfang.

Ich sah in den kleinen Spiegel, der auf meinem Aktenschrank lehnte. Der Staubschmierer an meiner rechten Wange anstelle von Peach Blush war nicht der einzige Unterschied zwischen mir und Ms. LeBlanc. Da ich für North Winthrop gerade richtig gekleidet war, schloß ich mein Büro und ging meinen Wagen holen.

II

Charles Pierce lebte in einer schäbigen, aus zehn Wohnungen bestehenden Mietskaserne, die direkt an den Bürgersteig angrenzte. In jenen Fenstern, die nicht mit Brettern vernagelt waren, hingen improvisierte Gardinen aus ausgefransten Bettlaken. Der Eingang war von leeren Flaschen gesäumt, aber der Geruch von abgestandenem Fusel konnte den Gestank von frischem Urin nicht überdecken. Wenn Corinne LeBlanc tatsächlich hier Zuflucht gesucht hatte, mußte das Zusammenleben mit Brigitte die Hölle sein.

Der Exehemann meiner Klientin wohnte in Apartment 3E. Das wußte ich, weil sie es mir gesagt hatte. Jene wenigen Briefkästen, deren Türen sich noch verschließen ließen, posaunten klugerweise die Identität ihrer Besitzer nicht hinaus. Das verschmierte Namensschild aus Messing neben den Klingelknöpfen war leer, und die Klingeln funktionierten nicht. Ich schob die schwindsüchtige Tür auf, die in den Eingangsflur führte, und fragte mich erneut, wie es um die Wahrheitsliebe meiner Klientin bestellt war: Sie hatte mir gesagt, „Ja –", habe weder den Hörer abgenommen noch auf Klingeln die Tür geöffnet.

Eine triefäugige Frau hockte auf der untersten Treppenstufe und nuckelte an einer Flasche. Sie warf mir einen bösartigen Blick zu, als ich sie bat, mich vorbeizulassen, versuchte aber immerhin wenigstens nicht, mich zu Fall zu bringen, als ich über sie hinwegstieg. Daran war vielmehr mein Fuß schuld, der sich in ihrem weiten Mantel verfing.

Ursprünglich hatte das Gebäude wahrscheinlich zwei Apartments pro Stockwerk gehabt. Zumindest sahen im dritten Stock nur zwei Türen an den beiden Enden des Flurs so aus, als stammten sie noch aus der massiven, eleganten Bauweise aus der Frühzeit des Gebäudes. Die anderen sieben waren windige Neuzugänge, die man in aller Hast immer dann hinzugefügt hatte, wenn ein Apartment aufgeteilt worden war. Ich spähte in die Dunkelheit hinein und fand eine mit der Aufschrift B und zählte dann drei nach rechts ab, um auf E zu kommen. Nachdem ich ein paarmal an das abblätternde Furnier geklopft hatte, entdeckte ich einen in den schmierigen Türstock eingelassenen Knopf. Als ich drückte, hörte ich drinnen ein Summen. Niemand kam an die Tür. Als ich das Ohr gegen das schmierige Türblatt preßte, konnte ich das schwache Summen eines Fernsehers hören.

Ich hielt den Klingelknopf fünf Minuten lang gedrückt. Das ist anstrengend für den Finger, aber noch anstrengender für die Ohren. Wenn wirklich jemand dort drinnen war, hätte er inzwischen wutschnaubend an der Tür erscheinen müssen.

Ich konnte jetzt weggehen und zurückkommen, aber wenn Pierce auf Tauchstation gegangen war, um Brigitte aus dem Weg zu gehen, würde mich das nicht weiterbringen. Sie hatte behauptet, sie habe es zwei Tage lang immer wieder versucht. Der Fernseher lief möglicherweise als Tarnung oder . . . Ich verdrängte einige düstere Vorstellungen, die sich bei mir einstellten, und holte einen Bund mit Nachschlüsseln heraus. Das armselige Schloß kapitulierte bereits vor dem zweiten. Zwei Minuten später befand ich mich in dem Apartment und sah mich einer Illustration aus *Schöner Wohnen in der Hölle* gegenüber.

Es handelte sich um einen einzigen großen Raum mit einer Küche, in der auf der linken Seite eine Theke zu sehen war. Wenn man ordnungsliebend war, konnte man eine Faltwand vorziehen, um nicht ständig die Küche im Auge zu haben. Aber Pierce war nicht ordnungsliebend. Zehn oder fünfzehn übereinandergestapelte Töpfe, die mit verfaulenden Speiseresten verklebt und ein Tummelplatz für Küchenschaben waren, zitterten unheilverheißend, als ich die Tür schloß.

Den Raum beherrschte ein Klappbett, auf dem ein geradezu grotesk fettleibiger Mann in unheilverheißend unnatürlicher Lage ausgestreckt war. Er hatte ferngesehen, als er starb. Er trug ausgefranste spiegelnde Hosen, den Hosenlatz halb offen, und ein Holzfällerhemd, das aber nicht ganz ausreichte, um seinen gewaltigen Bauch zu bedecken.

Seine monströse Größe und der schreckliche Winkel, in dem sein kahler Schädel abgekippt war, ließ die Übelkeit in mir aufsteigen. Ich kämpfte dagegen an und watete durch einen Haufen schmutziger Kleidungsstücke zum Bett. Ich hob seinen Arm von der Größe eines mittleren Baumstamms und tastete nach dem Puls. In dem schweren Arm regte sich nichts. Aber die Haut fühlte sich zwar feucht, aber fest an. Ich konnte mich nicht dazu überwinden, ihn auch noch an einer anderen Stelle zu berühren, tappte aber um das Bett herum und betrachtete ihn aus verschiedenen Blickwinkeln. Offensichtliche Wunden waren nicht zu erkennen. Sollte der Leichenbeschauer nach den versteckten suchen.

Als ich wieder draußen im Treppenhaus war, mußte ich mit einer Ohnmacht kämpfen. Nur die Angst, ich könnte dabei in Urin oder Erbrochenes fallen, hielt mich auf den Beinen. Beim Hinuntergehen stolperte ich diesmal ernsthaft über den Mantel der triefäugigen Frau. Als ich dann auf dem Boden lag, konnte ich nicht verhindern, daß ich mich selbst übergab. Besser fühlte ich mich nachher auch nicht.

Ich grub eine Wasserflasche aus dem Durcheinander in meinem Kofferraum und tupfte mich damit notdürftig ab, ehe ich die Polizei rief. Sie forderten mich auf, in der Nähe der Leiche zu bleiben. Ich dachte, daß der Vordersitz meines Wagens an der Winthrop nahe genug war.

Während ich auf die Bullen wartete, dachte ich über meine Mandantin nach. Konnte es sein, daß Brigitte, nachdem sie bei mir gewesen war, hierhergekommen war, ihn umgebracht hatte und wieder verschwunden war, während ich herumtelefonierte, um mich über sie zu erkundigen? In dem Fall würde die triefäugige Frau im Treppenhaus sie gesehen haben. Ob die Bande, die dadurch zwischen uns gewachsen waren, daß ich zweimal über sie gestolpert war, wohl ausreichten, um sie dazu zu bewegen, mit mir zu reden?

Ich stieg aus dem Wagen, aber ehe ich den Eingang erreicht hatte, traf die Polizei ein. Als wir die schwindsüchtige Tür aufstießen, hatte sich meine Freundin in Luft aufgelöst. Ich sparte mir die Mühe, sie den Jungs – und dem Mädel – in Blau gegenüber zu erwähnen: Bei der Beschreibung, die ich von ihr liefern konnte, würde sie in der Uptown nicht auffallen, und selbst wenn man sie finden würde, würde sie wahrscheinlich nicht viel sagen.

Wir mühten uns stumm die Treppe hinauf. Sie waren zu viert. Die Frau und der jüngste von den drei Männern schienen gut in Form. Die zwei älteren Männer wirkten recht abgeschlafft, und ich hatte starke Zweifel, daß sie es schaffen würden, das rechte Bein des Exehemanns meiner Mandantin von der Stelle zu bewegen, geschweige denn seinen Mammutkörper.

„Ich hab' da so ein seltsames Gefühl", murmelte der älteste Beamte mehr zu sich als zu uns anderen gewandt.

Als wir dann 3E erreichten und er die gewaltige Masse auf dem Bett sah, schüttelte er ein paarmal hintereinander den Kopf. „Sag' ich's doch. Irgendwie hab' ich's gleich gewußt, als der Anruf reinkam."

„Was hast du gewußt, Tom?" fragte die Frau mit scharfer Stimme.

„Jade Pierce", sagte er. „Ich habe gewußt, daß er hier in der Gegend lebt. Hat 'ne Menge Klagen über ihn gegeben. Und als ich dann gehört habe, daß wir so 'nen richtig großen Typen besuchen sollen, dachte ich mir, daß er das sein könnte."

Die Frau hielt in ihrem zügigen Marsch auf das Bett zu inne. Wir anderen blickten in geteiltem Leid auf den Koloß. Jade. Nicht James oder Jake, sondern Jade. Er war einmal der berühmteste Lineman gewesen, den die Chicago Bears je aufgestellt hatten. Und jetzt . . . Ich schauderte.

Als er noch für Alabama gespielt hatte, hatte ein Reporter einmal gesagt, sein kahler Schädel sei so glatt und so kalt wie ein Stück Jade, und dann irgendwelche ermüdenden Vergleiche zu seiner Spielweise gezogen. Als er dann seinen Vertrag bei den Bears unterschrieb, war ich genauso glücklich wie jeder andere Fan in Chicago, obwohl ihm der Ruf recht unappetitlicher Gewalttätigkeiten außerhalb des Spielfelds voranging. Kein Wunder, daß Brigitte LeBlanc es nicht lange mit ihm ausgehalten hatte. Aber warum hatte sie mir nicht sagen wollen, wer er wirklich war? Ich stellte mir diese Frage, während Tom über das Mikrofon an seinem Revers Verstärkung anforderte.

„Und was haben Sie hier gemacht?" fragte er mich.

„Seine Exfrau hat mich engagiert, um ihn ein wenig unter die Lupe zu nehmen." Gewöhnlich erfahren die Bullen von mir nichts über die Angelegenheiten meiner Mandanten, aber mir war nicht danach, Brigitte zu schützen. „Sie wollte mit ihm reden, und er ging nicht ans Telefon und hat auch auf Klingeln nicht geöffnet."

„Unter die Lupe wollte sie ihn nehmen?" äffte mich der sportlich wirkende jüngere Beamte nach, ein Mann mit hohen Backenknochen und gepflegtem Schnurrbart. „So wie ich das mitbekommen habe, war der Krach, in dem die beiden auseinandergegangen sind, der schlimmste Kampf, an dem Jade je beteiligt war. Der einzige Kampf, den er je verloren hat, übrigens auch."

Ich lächelte. „Ihr geht's gut und ihm nicht. Nicht mehr. Vielleicht hat ihr Gewissen sie gejuckt. Oder vielleicht wollte sie ihn auch noch mal mit der Nase draufstoßen. Da müßten Sie sie selbst fragen. Ich kann nur sagen, daß sie von mir verlangt hat, daß ich versuchen soll, da reinzukommen. Und das habe ich getan, und dann habe ich euch verständigt."

Während Tom noch darüber nachgrübelte, zog ich eine Karte heraus und gab sie ihm. „Sie erreichen mich unter dieser Nummer."

Er rief mir etwas nach, aber ich ging bereits den Flur hinunter, und meine Schritte hallten hohl von den kahlen Wänden und der Decke wider.

III

Brigitte LeBlanc hatte Kundenbesuch und wollte nicht gestört werden. Die Tatsache, daß ihr Exehemann tot war, reichte nicht aus, um sie loszureißen. Nicht einmal die Vorstellung, daß in unmittelbarer Zukunft die Bullen hier auftauchen würden, beeindruckte sie. Nachdem ich die Empfangssekretärin eine Weile abwechselnd unter Druck gesetzt und becirct hatte, beugte sie sich über ihren blonden Schreibtisch und flüsterte mir verschwörerisch zu: „Der Vizepräsident der Vereinigten Staaten ist bei ihr für eine Art Nachhilfestunden im Umgang mit den Medien." Brigitte hatte gesagt, keinerlei Unterbrechungen, wenn es nicht der Präsident oder der Papst wäre – zwei Leute, für die ich nicht einmal einen Zahnarzttermin sausenließe.

Als man mir den Aufenthalt im dreiundvierzigsten Stockwerk hinreichend unbehaglich gemacht hatte, fuhr ich hinunter und lungerte in der Lobby herum. Um halb sechs fegte mich ein ganzes Rudel Agenten in Zivil mit den anderen, die dort ebenfalls herumlungerten, auf die Straße hinaus. Eine Viertelstunde später kam der Vizepräsident heraus, einen zielstrebigen Ausdruck auf seinen jungenhaften Zügen. Obwohl es sich um einen privaten Besuch handelte, warteten die allgegenwärtigen Fernsehcrews auf ihn. Er grinste und winkte, sagte aber nichts, ehe er seine Limousine bestieg. Brigitte mußte wirklich gut sein, wenn sie ihn dazu hatte überreden können, den Mund zu halten.

Um sieben fuhr ich wieder ins dreiundvierzigste Stockwerk hinauf. Die doppelten Glastüren waren versperrt und das Licht ausgeschaltet. Ich fand einen Schlüssel in meiner Sammlung, mit dem sich das Schloß öffnen ließ. Aber als ich eine Weile auf einem dicken grauen Plüschteppich herumgestöbert, die Studios erforscht und in alle Büros gesehen hatte, konnte ich mich der Erkenntnis nicht mehr verschließen, daß meine Mandantin schlauer war als ich. Sie war zu irgendeinem Hinterausgang hinausgegangen.

Ich machte mir mit einer halblauten Verwünschung Luft. Die Tür sperrte ich nicht hinter mir ab. Sollte doch ruhig jemand anderer hereinkommen und den ganzen Videokram stehlen. Mir war das egal.

Ich fuhr bei Brigittes dreistöckigem Sandsteingebäude an der Belden vorbei. Sie war nicht zu Hause.

Die Haushälterin wußte nicht, wann sie kommen würde. Sie aß auswärts und hatte gesagt, sie brauche nicht auf sie zu warten. Und Corinne? fragte ich und war ziemlich sicher, daß die Frau sagen würde: „Welche Corinne?"

„Sie ist auch nicht hier."

Ich schlüpfte hinein, ehe sie die Tür vor mir schließen konnte. „Ich bin V. I. Warshawski. Brigitte hat mich dazu engagiert, ihre Schwester zu finden. Sie hat gesagt, sie sei weggelaufen und sei jetzt bei Jade. Ich war in seinem Apartment. Corinne war nicht dort. Und Jade ist tot. Ich versuche jetzt die ganze Zeit mit Brigitte zu sprechen, aber sie geht mir aus dem Weg. Ich möchte ein paar Dinge wissen, zum Beispiel, ob es Corinne wirklich gibt und ob sie wirklich weggelaufen ist und ob vielleicht sie oder Brigitte Jade umgebracht haben könnten."

Die Haushälterin starrte mich ein paar Augenblicke lang an und zog dann eine säuerliche Miene. Ich zeigte ihr meine Detektivlizenz und den von Brigitte unterschriebenen Vertrag. Ihr Ausdruck wurde noch säuerlicher, aber sie lieferte mir ein paar spärliche Einzelheiten. Corinne war ein pummeliger, unglücklicher Teenager und wußte gar nicht, wie gut sie es hatte. Brigitte war für sie nichts zu teuer. Sie brachte ihr bei, wie man sich kleidete, schickte sie nach St. Scholastika und versuchte sogar, sie in spezielle Diätkliniken zu schicken, aber Corinne war nie zufrieden, jammerte dauernd über ihre Freundinnen, die sie in Mobile zurückgelassen hatte, minderwertiges Gesindel, an das jede Minute verschwendet war. Und weggelaufen war sie tatsächlich, das war jetzt drei Tage her, und sie, die Haushälterin, konnte dazu nur sagen: Gott sei Dank. Aber Brigitte fühlte sich verantwortlich. Und daß Jade tot war, tat ihr leid, aber er war ein gewalttätiger Mann, Corinne hatte ihn vergöttert, weil ihr nicht klar war, was für ein Monstrum er in Wirklichkeit war.

„Die können das nicht einfach abschalten, wenn sie vom Spielfeld kommen. Und wahrscheinlich hat er sich mit seinem ewigen Saufen selbst umgebracht. Ich hab' ja immer gesagt, daß es einmal soweit kommen würde. Corinne wäre dazu nie fähig gewesen, die hätte nie den Schwung zu so etwas gehabt. Und Brigitte hat das gar nicht nötig – die hat ihn sowieso schon in die Pfanne gehauen."

„Vielleicht hat sie gedacht, er hätte ihre Schwester belästigt."

„Dann hätte sie ihn vor Gericht gezerrt und ihren Spaß daran gehabt, wie er noch einmal in den Dreck gezogen wird."

Was für reizende Typen; der Gedanke, daß ich mich mit ihrem Schicksal verbündet hatte, erfüllte mich richtig mit Befriedigung. Ich überredete die Haushälterin, mir ein Bild von Corinne zu geben, ehe ich nach Hause fuhr. Sie war tatsächlich ein übergewichtiges, unglücklich aussehendes Kind. Wahrscheinlich war es ganz schön hart, wenn man eine perfekte ältere Schwester hatte, die die ganze Zeit versuchte, einen in eine Art Debütantin umzustricken. Ich brachte die Haushälterin noch dazu, mir Brigittes geheime Telefonnummer zu geben, indem ich ihr klarmachte, daß ich, wenn sie das nicht täte, die ganze Nacht hindurch jede Stunde hier auftauchen und klingeln würde.

Beim Nachhausefahren schaltete ich das Radio nicht ein. Ich wollte mir die leichenfledderische Erregung ersparen, die sich hinter dem salbungsvollen Gerede der Reporter versteckte, mit dem sie Jade Pierces katastrophalen Absturz aus der Gunst der Medien behandeln würden. Sie würden zuerst die neun Spielperioden durchhecheln, die er für die Bears gespielt hatte, angefangen mit den Jahren seines Ruhms bis zu den letzten beiden, wo seine quälenden Knie- und Rückenschmerzen so stark geworden waren, daß er ihnen auch mit schmerzstillenden Mitteln nicht mehr Herr werden konnte. Und dann sein harter Abschied, die dreißig oder vierzig Kilo Fett, die er sich über seinem Spielgewicht von hundertfünfzig Kilo zugelegt hatte, die Prügeleien in Bars, die Schüsse, die er aus seinem Ferrari Daytona auf andere Verkehrsteilnehmer abgegeben hatte, dann der Verkauf des Ferrari, um seine Anwaltskosten zu bezahlen, und schließlich der große Zirkus seiner Scheidung und dann am Schluß sein Ende auf einem Klappbett in einer schmierigen Absteige.

Ich schloß die Tür meines TransAm mit einer bösartigen Heftigkeit, die er nicht verdiente, und stampfte die drei Treppen zu meinem Apartment hinauf. Müdigkeit, in die sich Bitterkeit mischte, stumpfte meinen sechsten Sinn ab, der mich gewöhnlich vor Gefahren warnt. Der Mann preßte mich gegen meine Eingangstür und drückte mir eine Knarre gegen den Hals, ehe ich richtig bemerkte, daß er da war.

Ich hielt ihm meine Schultertasche hin. „Bedienen Sie sich. Und dann gehen Sie bitte. Ich habe einen schweren Tag hinter mir, und ich möchte nicht zuviel meiner Zeit mit Ihnen verbringen."

„Ich will Ihre blöde Geldbörse nicht!" zischte er.

„Vergewaltigen werden Sie mich auch nicht, also können Sie ruhig meine blöde Geldbörse nehmen."

„Ihr Körper interessiert mich nicht. Schließen Sie auf. Ich will Ihr Apartment durchsuchen."

„Gehen Sie zum Teufel." Ich trieb ihm das Knie in den Bauch und riß den rechten Arm hoch, um seine Hand mit der Waffe wegzufegen. Ein würgender Laut entfuhr ihm, und er knickte nach vorne zusammen. Ich setzte meine Handtasche als eine Art Bola ein und versetzte ihm damit eins auf den Hinterkopf. Er sackte bewußtlos zu Boden.

Ich griff mir die Pistole aus seiner schlaff gewordenen Hand. Als ich vorsichtig die Innentaschen seiner Jacke abtastete, fand ich eine Brieftasche. Sein Führerschein wies ihn als Joel Sirop aus; er wohnte an einer teuren Adresse am Dearborn Parkway. Die Brieftasche enthielt ein hochgestochenes Sortiment Kreditkarten – Bonwit, Neiman-Marcus, eine American Express-Platinumcard – und eine Karte, die ihn als Mitglied des Katzenzüchterverbandes von Nordamerika auswies. Ich steckte alles in seine Brieftasche zurück und schob sie wieder in seine Brusttasche.

Er stöhnte und schlug die Augen auf. Nach ein

paar diffusen Sekunden stellte er sie empört auf mich scharf. „Mein Kopf. Sie haben mir den Schädel gebrochen. Ich werde Sie anzeigen."

„Nur zu. Ich behalte Ihre Pistole als Beweisstück für die Verhandlung. Ich habe Ihren Namen und Ihre Adresse. Wenn ich Sie also wieder hier in der Nähe sehe, weiß ich, wo ich die Bullen hinschicken muß. Und jetzt verschwinden Sie."

„Aber vorher werde ich Ihr Apartment durchsuchen." Er war unbewaffnet und noch ziemlich benommen, aber stur.

Ich lehnte mich an meine Tür, außer Reichweite, aber bereit, ihn fertigzumachen, falls er auf dumme Gedanken kommen sollte. „Was suchen Sie denn, Mr. Sirop?"

„In den Nachrichten habe ich gehört, daß Sie Jade gefunden haben. Wenn die Katze dort war, müssen Sie sie genommen haben."

„Seien Sie ganz beruhigt. Als ich in das Apartment kam, waren dort keine Katzen. Hat er Ihnen denn Ihre gestohlen?"

Er schloß die Augen, allem Anschein nach, um mit sich selbst Zwiesprache zu halten. Als er sie wieder aufschlug, sagte er, er habe keine andere Wahl, als mir zu vertrauen.

Ich lächelte strahlend und sagte ihm, er könne jederzeit gehen, damit ich zu Abend essen könne. Aber er bestand darauf, sich mir anzuvertrauen. „Verstehen Sie etwas von Katzen, Ms. Warshawski?"

„Nur im allgemeinen Sinn. Ich habe einen Hund, und der versteht etwas von Katzen."

Er musterte mich finster. „Das ist nicht zum Lachen. Haben Sie schon einmal von Maltesern gehört?"

„Katzen? Ja, ich glaube schon. Das sind die ohne Schwanz, stimmt's?"

Er schauderte. „Nein. Sie meinen die Manx. Die Malteser – die haben gewöhnlich ein bläulichgraues Fell. Ganz selten gibt es auch welche, die fast blau sind. Brigitte LeBlanc hat – oder hatte – eine solche Katze. Lady Iva of Cairo."

„Na großartig. Wahrscheinlich hat sie das Tier passend zu ihrer Augenfarbe besorgt."

Er wischte meine Bemerkung als weitere Frivolität weg. „Ihre Motive spielen keine Rolle. Worauf es ankommt, daß es sehr schwierig war, die Katze für die Zucht einzusetzen. Sie ist jetzt erst zum dritten Mal in den vier Jahren ihres Lebens rollig geworden. Brigitte hat zugestimmt, daß ich versuche, Lady Iva mit meinem Kater, Casper of Valletta, zu paaren. Es ist äußerst wichtig, daß man sie, und zwar sehr bald, zu ihm schickt. Aber sie ist verschwunden."

Jetzt war ich an der Reihe, mir meine Empörung anmerken zu lassen. „Ich bin von meiner üblichen Praxis abgewichen, sozusagen eine Stufe heruntergestiegen, und habe mich heute darauf eingelassen, nach einem weggelaufenen Teenager zu suchen. Aber verdammt will ich sein, wenn ich in den Straßen von Chicago nach einer verschwundenen Katze suche. Ihr Kater findet sie mit Sicherheit schneller als ich, und das ist im übrigen auch mein Rat an Sie: Fahren Sie herum, und lauschen Sie auf das Jaulen mächtiger Kater, dann werden Sie am Ende auch Ihre Malteser Katze finden."

„Dieser weggelaufene Teenager, diese Corinne, hat wahrscheinlich Lady Iva mitgenommen. Wenn die jungen Kätzchen zur Welt kommen, wenn sie reinrassig sind, könnte jedes mehr als tausend Dollar einbringen. Das weiß Corinne sehr wohl. Aber wenn Lady Iva ohne Aufsicht auf der Straße ist und ein anderer Kater sie zuerst findet, dann wären es Mischlinge, die nicht einmal den Preis der tierärztlichen Versorgung wert sind."

Er sagte das mit einer Art eindringlicher Leidenschaft, wie ich sie gewöhnlich beim Spielertausch zwischen den Cubs oder den Bears aufbringe. Ich schloß meine Haustür auf, ohne mich dabei von ihm abzuwenden. Er warf sich mit einer Wildheit in die Öffnung, die mir bewies, daß die langen Jahre, die er in der Welt der Katzen verbracht hatte, ihren Einfluß auf ihn nicht verfehlt hatten. Ich packte ihn am Jackett, als er an mir vorbeihetzte, aber er riß sich los.

„Ich gehe hier nicht weg, bis ich Ihre Wohnung durchsucht habe", keuchte er.

Ich rieb mir erschöpft die Schläfen. „Also meinetwegen."

Ich hätte die Bullen rufen können, während er nach Lady Iva herumsuchte. Aber ich schenkte mir lieber einen Whiskey ein und sah ihm zu, wie er auf Händen und Knien herumkroch und dabei leise pfeifende Laute von sich gab – vielleicht war das so etwas wie der Brunftschrei der Malteser. Er nahm sich meine Schränke, die Bratröhre und den Kühlschrank vor und bestand sogar mit vor Angst geweiteten Augen darauf, daß ich den Safe in meinem Schlafzimmerschrank öffnete. Ich nahm die Smith & Wesson heraus, die ich dort aufbewahre, ehe ich ihn hineinsehen ließ.

Als er schließlich auch den hinteren Treppenabsatz inspiziert hatte, mußte er zugeben, daß es in der ganzen Wohnung keine Katzen gab. Er versuchte, mich dazu zu überreden, mit ihm in die Innenstadt zu fahren und ihn mein Büro durchsuchen zu lassen. An dem Punkt riß mir der Geduldsfaden.

„Ich hätte Sie wegen tätlichen Angriffs und Hausfriedensbruchs verhaften lassen können. Verschwinden Sie also jetzt, solange ich noch bei guter Laune bin. Meinetwegen nehmen Sie Ihren Kater mit zu meinem Büro. Wenn sie drinnen ist und rollig, wird er ja Theater machen, und dann können Sie die Bullen rufen. Aber mich lassen Sie in Frieden." Ich ignorierte seinen Protest und drängte ihn zur Eingangstür hinaus.

Dann sperrte ich sorgfältig sämtliche Schlösser ab. Ich wollte nicht, daß mitten in der Nacht noch ein verrückter Katzenzüchter hereinschlich.

IV

Brigitte erreichte ich schließlich erst nach Mitternacht. Ja, sie habe meine Nachricht über Jade bekommen. Es täte ihr schrecklich leid, aber da sie ja jetzt, wo er tot war, nichts mehr tun könnte, um ihm zu helfen, hatte sie sich nicht die Mühe gemacht, mich anzurufen.

„Unsere Wege werden sich jetzt gleich trennen, Brigitte. Wenn Sie nicht gewußt haben, daß der Typ tot war, als Sie mich zur Winthrop geschickt haben, werden Sie das beweisen müssen. Nicht mir, sondern den Bullen. Ich spreche morgen mit Lieutenant Mallory im Zentralrevier und werde ihm sagen, was Sie mir für einen Hokuspokus vorgemacht haben. Die werden dann schon dahinterkommen, ob Sie mehr daran interessiert waren, Corinne zu finden oder Ihre Katze.‟

Am anderen Ende der Leitung herrschte eine Weile Stille. Als sie schließlich antwortete, war der Südstaatenakzent wieder ganz deutlich zu merken. „Können wir uns morgen unterhalten, ehe Sie die Polizei verständigen? Vielleicht war ich nicht so offen zu Ihnen, wie ich das hätte sein sollen. Ich möchte gerne, daß Sie die ganze Geschichte hören, ehe Sie irgend etwas Übereiltes tun.‟

Sag einfach nein, versuchte ich mir einzureden. „Seien Sie morgen um acht im Belmont Diner, Brigitte. Dann können Sie auspacken. Aber ich verspreche Ihnen gar nichts.‟

Ich stand um sieben auf, lief mit dem Hund zum Belmont Harbour und zurück und duschte dann lang und gründlich. Selbst wenn ich eine halbe Stunde darauf verwendete, mich herzurichten, würde ich doch nicht so gut wie Brigitte aussehen, dachte ich mir. Also schlüpfte ich anschließend bloß in eine Jeans und einen Baumwollpullover.

Es war schon fast zehn nach acht, als ich das Diner erreichte, aber Brigitte war noch nicht eingetroffen. Ich nahm mir einen Herald-Star von der Theke und ging damit in eine Nische, um das Blatt bei einer Tasse Kaffee zu lesen. Die Schlagzeile ging mir durch Mark und Bein.

FOOTBALL STAR ÜBERLEBT TÖDLICHE DOSIS

Charles „Jade" Pierce, früher einmal der schnellste Mann in der Achtung gebietenden Verteidigerreihe der Bears, ist dem gegnerischen Sturm wieder einmal entwischt. Diesmal stand freilich mehr auf dem Spiel als ein Touchdown: der gegnerische Stürmer war der Tod.

Ich fand zwar, daß Jeremy Logan schrecklich übertrieb, las die Story aber trotzdem zu Ende. Die übliche Vorgehensweise der Polizei sieht vor, daß eine Leiche, ehe sie in die Leichenhalle wandert, in ein Krankenhaus gebracht wird, damit dort ein Totenschein ausgestellt wird. Das Streifenteam hatte Jade zu einer oberflächlichen Untersuchung ins Beth Israel geschleppt. Die diensthabende Ärztin stellte eine leichte Schweißabsonderung an Jades Hals und Händen fest und grub tiefer nach dem Puls, als ich das getan hatte. Sie hatte tief in dem Berg aus Fleisch vergraben schwache, aber unverkennbare Anzeichen von Leben gefunden und hatte ihn ins Bewußtsein zurückgeholt.

Jade, der seit seinem Abschied von den Bears erhebliche Rauschgiftprobleme hatte, hatte eine starke Mischung aus Äther und Salzsäure gefixt und anschließend eine ganze Flasche Bourbon getrunken. Als er zu sich kam, waren seine ersten Worte – typisch für ihn –: „Fuck you, verschwindet hier."

Logan fuhr dann mit der obligatorischen Schilderung von Jades Karriere und deren Ende fort, wobei er sich die heuchlerische Bemerkung, daß man die Sportsgrößen in der Gosse verrecken ließ, wenn sie aufgehört hatten, die Mengen zu begeistern, nicht verkneifen konnte. Ich las den Artikel zweimal, auch die ekelhafte Schlußbemerkung, bis Brigitte schließlich eintraf.

„Sie sehen, Jade lebt noch, also kann ich ihn ja nicht gut getötet haben", verkündete sie, als sie in einer Wolke von Chanel in meine Nische schwebte.

„Wußten Sie, daß er im Koma lag, als Sie gestern zu mir kamen?"

Ihre ausgezupften Augenbrauen schoben sich hochmütig in die Höhe. „Zweifeln Sie an meinem Wort?"

Eine der Bedienungen trottete heran, um unsere Bestellung entgegenzunehmen. „Sie wollen Obst und Joghurt, stimmt's, Vic? Und was sonst noch?"

„Ein Käseomelett mit grünem Pfeffer und Roggentoast. Danke, Barbara. Was nehmen Sie, Brigitte? Trockenen Toast und schwarzen Kaffee zweifellos."

„Ist das Obst hier wirklich frisch?"

Barbara verdrehte die Augen. „Frisch gepflückt, Honey. Wir haben unseren eigenen Baum in der Küche. Wollen Sie jetzt welches oder nicht?"

Brigitte riß die Augen auf und schob die rechte Schulter vor – heute in schwarz abgesetztem grünem Gabardine – und machte sich kampfbereit. Ich fiel ihr ins Wort, ehe ihr erstes „Wie können Sie es wagen" über ihre Lippen war.

„Das hier ist kein Lokal, wo der Maître d' bei Ihrem ersten Stirnrunzeln in die Knie geht und gerannt kommt, um sicherzustellen, daß Madame ja glücklich ist. Denen ist egal, ob Sie wiederkommen oder nicht. Im Augenblick wäre denen wahrscheinlich lieber, wenn Sie gehen würden. Sie können sich ja mein Obst ansehen, wenn es kommt, und sich dann welches bestellen, wenn es Ihnen schmeckt."

„Ich nehme nur Weizentoast und schwarzen Kaffee", erklärte sie mit eisiger Miene. „Und achten Sie darauf, daß keine Butter darauf ist."

„Geht in Ordnung", erwiderte Barbara. „Weizentoast, Margarine statt Butter. Ich mach' nur Witze, Honey", fügte sie hinzu, als Brigitte erneut Anstalten machte, auf sie loszugehen. „Wenn Sie austeilen wollen, müssen Sie auch lernen, wie man etwas einsteckt."

„Haben Sie mich hierhergebracht, damit man mich beleidigt?" fragte Brigitte, als Barbara gegangen war.

„Ich habe Sie zum Reden hierhergebracht. Daß Sie nicht wissen, wie es in einem Schnellimbiß zugeht, wäre mir nicht in den Sinn gekommen. Wenn Sie wollen, können wir uns ja streiten, oder Sie können mir etwas über Jade und Corinne erzählen. Und Ihre Katze. Ich hatte letzte Nacht Besuch von Joel Sirop."

Sie nahm einen Schluck Kaffee und schnitt eine Grimasse. „Die sollten hier die Töpfe mit Essig ausspülen."

„Nun, ich schlage vor, Sie behalten das für sich. Beratungshonorar bezahlen Ihnen die bestimmt nicht, wenn Sie ihnen das sagen. Hat Joel Ihnen gesagt, daß er Lady Iva bei mir gesucht hat?"

Sie sah mich finster über den Rand ihrer Kaffeetasse an und nickte dann andeutungsweise.

„Warum haben Sie mir gestern in meinem Büro nichts von dieser verdammten Katze gesagt?"

Einen Augenblick lang wirkte sie beinahe beschämt. „Ich dachte, Sie würden Corinne suchen. Daß ich Sie überreden könnte, sich nach meiner Katze umzusehen, konnte ich mir nicht vorstellen. Jedenfalls muß Corinne Iva mitgenommen haben. Und so dachte ich, wenn Sie sie finden, würden Sie die Katze auch finden."

„Und wen wollen Sie jetzt wirklich zurückhaben?"

Sie wollte schon wieder hochgehen, lachte dann aber plötzlich. Das nahm ihrem Gesicht zehn Jahre. „Das würden Sie nicht fragen, wenn Sie je mit einem Teenager zusammengelebt hätten. Und Corinne war für mich immer eine Fremde. Sie war achtzehn Monate alt, als ich aufs College ging, und ich habe sie jeweils nur ein oder zwei Wochen in den Ferien zu Gesicht bekommen. Früher hat sie mich vergöttert. Als sie zu mir zog, dachte ich, es würde ein Kinderspiel sein. Ich würde dafür sorgen, daß sie die richtigen Leute kennenlernte und auf die richtige Schule kam, und sie würde sich alle Mühe geben, wie ich zu sein, und dann würde alles von selbst laufen. Statt dessen hat sie mächtig zugenommen, hört nicht auf mich, wenn ich etwas zu ihren Eßgewohnheiten sage, treibt sich mit den jungen Leuten in der Umgebung herum, wenn ich ihr den Rücken wende. Das liegt alles an Jades Einfluß. Das kommt immer wieder durch."

Sie sah auf meine Blaubeeren. Ich bot sie ihr an, und sie nahm sich einen gehäuften Löffel davon.

„Und das war die andere Geschichte. Jade. Wir haben uns kennengelernt, als ich Cheerleader in Alabama war und er der größte Held der Stadt. Ich dachte wirklich, ich hätte den Hauptgewinn gezogen. Aber wenn man einen Footballspieler heiratet, geht es in der Ehe immer nur um eines – Football. Und er hat die ganze Zeit bloß von Sacks geredet und wie viele Yards er gerannt ist und all den langweiligen Mist. Und wenn er einmal ein Spiel auf der Reservebank sitzen muß oder einen Touchdown versaut oder ihm nicht alle zujubeln, dann heißt es besonders vorsichtig sein. Jade war gemein. Und zwar nicht nur auf dem Spielfeld, sondern auch außerhalb. Einmal hat er mir den Arm gebrochen."

Ihre Stimme klang gleichmäßig, aber ihre Hand zitterte ein wenig, als sie die Kaffeetasse zum Mund führte. „Ich habe mir eine Pistole besorgt und ihn ins Bein geschossen, als er das nächste Mal auf mich losging. In den Zeitungen hat man das als Jagdunfall abgetan. Aber seitdem hat er nicht mehr probiert, mich körperlich anzugreifen. Bis dann seine Karriere zu Ende ging. Und dann ist es wirklich unangenehm geworden, mächtig unangenehm sogar. Die Zeitungen haben mich dafür ans Kreuz geschlagen, daß ich ihn verlassen habe, als seine Karriere vorbei war. Die brauchten auch nie mit ihm zu leben."

Das nahm sie offenbar so mit, daß ihr Atem jetzt heftiger ging, es war beinahe ein Keuchen. „Und Corinne war der gleichen Ansicht wie die Zeitungsfritzen?" fragte ich sanft.

Sie nickte. „Am Sonntag hatten wir einen großen Streit. Sie wollte bei einem der Mädchen in der Nachbarschaft übernachten. Ich mag dieses Mädchen nicht und habe deshalb nein gesagt. Anschließend gab es einen Streit von Orkanstärke. Als ich am Montag von der Arbeit nach Hause kam, war sie abgehauen. Zuerst dachte ich, sie sei zu diesem Mädchen gegangen. Aber die hatten sie überhaupt nicht zu Gesicht bekommen, und in der Schule war sie auch nicht aufgetaucht. Also dachte ich mir, sie wäre zu Jade gerannt. Und jetzt . . . ich weiß es nicht. Aber ich wäre Ihnen wirklich dankbar, wenn Sie weitersuchen würden."

Sag einfach nein, Vic, redete ich mir zu. „Ich brauche tausend im voraus und weitere Namen und Adressen von Freundinnen, Leute in Mobile eingeschlossen. Ich werde bei Jade im Krankenhaus nachsehen. Sie könnte ja zu ihm gegangen sein, wissen Sie. Und er hat sie dann irgendwo anders hingeschickt."

„Ich war heute morgen dort. Die haben gesagt: ‚Keine Besucher.'"

Ich grinste. „Ich habe hochgestellte Freunde." Ich winkte Barbara, daß sie uns die Rechnung bringen sollte. „Weil wir schon gerade davon reden. Wie war der Vizepräsident?"

Sie sah so aus, als würde sie mir wieder eine ihrer

schroffen Zurechtweisungen um die Ohren hauen, aber dann verzog sie den Mund und sagte gedehnt: „So wie jeder andere brave alte Junge, Honey."

V

Lotty Herschel, eine im Beth Israel tätige Geburtshelferin, konnte es für mich so einrichten, daß ich Jade Pierce besuchen durfte. „Es heißt, er hat Schwierigkeiten gemacht. Du solltest dich nicht neben sein Bett stellen, wenn du keine kugelsichere Jacke trägst."

„Wenn Sie ihn wollen, können Sie ihn haben", erklärte mir der Stationsleiter. „Morgen früh kommt er nach Hause. Ich hätte nichts dagegen, wenn die ihn jetzt sofort entlassen würden. Er läßt ja ohnehin keinen an sich heran."

Als ich die Tür zu Jades Zimmer aufstieß, hatte ich feuchte Handflächen. Er warf mit nichts nach mir, als ich hereinkam, drehte nicht einmal den Kopf herum, um mich durch die Gitterstangen anzustarren, die sein Bett umgaben. Sein Fleischberg strömte durch die Stangen, floß von einem gerundeten Gipfel in der Mitte nach allen Seiten. Die Hinterseite seines Kopfes, glatt und glänzend wie ein Stück polierte Jade, reflektierte die Deckenbeleuchtung so, daß das Licht genau in meine Augen fiel.

„Ich brauche hier keine gottverdammten dienenden Engel, also verschwinden Sie hier", knurrte er zum Fenster gewandt.

„Das erleichtert mich. Die Engelrolle hat mir nie so richtig gelegen."

Meine Entgegnung veranlaßte ihn, seinen Kopf herumzudrehen. Seine schwarzen Augen waren böse schmale Schlitze. Wenn ich ein Quarterback gewesen wäre, hätte ich ihm den Ball gegeben und zugesehen, daß ich in die Dusche verschwinde.

„Was sind Sie dann, eine gottverdammte Sozialarbeiterin?"

„Nee. Ich bin der gottverdammte Detektiv, der Sie gestern gefunden hat, ehe Sie weggetaucht sind und sich zu dem großen Huddle*) im Himmel abgemeldet haben.

„Dann kommen Sie rüber, damit ich Ihren Arsch küssen kann", stieß er giftig hervor.

Ich lehnte mich an die Wand und verschränkte die Arme. „Ich hatte nicht vor, Ihnen das Leben zu retten. Ich wollte die Bullen veranlassen, Sie in die Leichenhalle zu bringen. Das Ambulanzteam hat mich reingelegt."

Der Berg zitterte und dröhnte. Ich brauchte ein paar Sekunden, bis ich begriffen hatte, daß er lachte. „Sie haben recht, Detective: Ein Engel sind Sie nicht. Also was wollen Sie? Ein wahres Geständnis, warum ich so ein böser Junge war? Wie der Typ geheißen hat, der mir den Stoff besorgt hat?"

---

*) Huddle: ein Begriff aus der Footballsprache. Man nennt so die Beratung während der Spielpause, in denen die Spieler auf dem Spielfeld die Köpfe zusammenstecken und den nächsten Spielzug besprechen.   (Anmerkung des Übersetzers)

„Solang Sie keinem weh tun, bloß sich selbst, ist es mir egal, was Sie machen oder wo Sie Ihren Shit herkriegen. Ich bin hier, weil Brigitte mich engagiert hat, Corinne zu finden."

Sein Gesicht nahm wieder häßliche Züge an. „Verschwinden Sie."

Ich rührte mich nicht von der Stelle.

„Sie sollen verschwinden, habe ich gesagt!" brüllte er.

„Bloß weil ich Brigittes Namen erwähnt habe?"

„Bloß weil Sie nach meiner Definition eine Schlange sind, wenn Sie sich mit diesem Weib eingelassen haben."

„Ich habe mich nicht mit ihr eingelassen. Ich habe sie gestern kennengelernt. Sie bezahlt mich dafür, daß ich ihre Schwester finde." Es kostete mich einige Mühe, nicht ebenfalls zu brüllen.

„Corinne ist ohne sie besser dran", knurrte er und drehte mir wieder die hintere Seite seines Kopfes zu.

Ich sagte gar nichts und blieb einfach stehen. Fünf Minuten verstrichen. Schließlich fragte er höhnisch, ohne mich dabei anzusehen: „Hat Ihnen die süße kleine Märtyrerin gesagt, daß ich ihr den Arm gebrochen habe?"

„Ja, das hat sie erwähnt."

„Hat sie Ihnen gesagt, wie das passiert ist?"

„Bitte sagen Sie mir nicht, wie sehr sie Sie mißverstanden hat. Ich habe wirklich keine Lust, mein Frühstück wieder von mir zu geben."

Das veranlaßte ihn, sein gigantisches Gesicht wieder zu mir herumzudrehen. „Kommen Sie her."

Als ich mich nicht von der Stelle rührte, seufzte er und tippte mit der Hand auf das Geländer seines Betts. „Ich schlage Sie schon nicht, ehrlich. Wenn wir miteinander reden sollen, dann müssen Sie nahe genug rankommen, damit ich Ihr Gesicht sehen kann."

Ich trat neben sein Bett, setzte mich rittlings auf den Stuhl und legte die Arme auf die Rückenlehne. Jade studierte mich stumm und gab einen Grunzlaut von sich, wie um zu sagen, daß ich irgendeine Prüfung bestanden habe.

„Ich werde Ihnen nicht sagen, daß Brigitte mich nicht verstanden hat. Die Alte hat von Anfang an ganz genau gewußt, wo's bei mir langgeht. Aber den Arm habe ich ihr nicht gebrochen: Das war B. B. Wilder. Old Gunshot. Ich habe immer geglaubt, er sei mein bester Freund im Club. Aber dann hat sich rausgestellt, daß er Brigittes Freund war. Und dann, als ich früh vom Jagen zurückkam und sie mit ihm im Bett erwischt habe, haben wir alle ein bißchen durchgedreht. Die hat das richtig heiß gemacht, wenn große Männer sich geprügelt haben. Das war ja der Grund, daß sie von Anfang an, noch damals in Alabama, ein Footballgroupie war."

Ich versuchte mir die eiskalte Brigitte vorzustellen, wie sie vor Erregung zitterte, während zwei Spielerstars der Bears um sie kämpften. Unmöglich schien es mir nicht.

„Also hat B. B. ihr den Arm gebrochen, aber ich habe mich einverstanden erklärt, es auf mich zu nehmen. Sie fing damals gerade an, als Model Karriere zu machen, und wollte nicht, daß ihr guter Name be-

sudelt wurde. Und außerdem hoffte sie immer noch
darauf, daß es eine Versöhnung mit ihrer Familie geben würde, zumindest mit ihrer Knete, und die hätten die nie rausgerückt, falls etwas in die Medien gekommen wäre, daß sie es mit der ehelichen Treue
nicht so genau genommen hat. Und ich, na ja, ich
war ja sowieso immer der böse Junge, der schlimmste, den die Bears je aufs Spielfeld geschickt haben,
und da kam's auf einen weiteren Punkt wirklich
nicht an." Seine Stimme klang jetzt wieder spöttisch.

„Sie hat mir gesagt, daß es zwischen Ihnen beiden
von dem Tag an immer schlimmer geworden ist, als
Sie zu spielen aufgehört haben."

„Immer schlimmer geworden – klasse, das so aus-
zudrücken. Hören Sie, Detective, wie sagten Sie
doch, daß Sie heißen? V. I., was für ein Name für
ein Mädchen. Wie hat Ihre Mama Sie denn gerufen?"

„Victoria", antwortete ich widerwillig. „Und niemand nennt mich Vicki, also schlagen Sie sich das
gleich aus dem Kopf." Außerdem ziehe ich es auch
vor, wenn man mich nicht als Mädchen bezeichnet,
geschweige denn als Alte. Aber Jade schien mir nicht
der Mensch, mit dem man das diskutieren konnte.

„Victoria, hä? Immer schlimmer geworden ist es,
wie ein Picknick, bei dem's regnet. Ich bin dumm
zur Welt gekommen und auch nicht schlauer geworden, als ich fünfhundert Riesen im Jahr verdient habe. Aber 'ne Alte würde ich nie schlagen, nicht einmal eine wie Brigitte, die mich schon in Fahrt
bringen konnte, indem sie mich bloß ansah. Aber

'ne Menge Möbel habe ich zerdeppert, und das ist ihr auf die Nerven gegangen.''

Ich mußte lachen. „Das kann ich mir denken. Mich würde das auch stören.''

Er lächelte widerwillig. „Sehen Sie, das dumme ist, ich bin arm aufgewachsen. Ich meine, beschissen arm. Ich bin damals immer mit meinen Kumpels rumgezogen, überall wo gebaut worden ist, Sie wissen schon. Und Weihnachten und so. Diese Kids leben im Dreck, völlig verkommen. Aber ich habe damals nicht einmal 'ne Unterhose am Hintern gehabt, bis dann die Sozialarbeiterin vom County gekommen ist, nachsehen, warum ich nicht in der Schule war.''

„Dann haben Sie also Möbel zerdeppert, weil Sie ohne Möbel aufgewachsen sind und nicht gewußt haben, was man damit macht?''

„Jetzt machen Sie mir bloß nicht auf Schlaumeier, Victoria. Ihrer Mama wird das ganz bestimmt nicht gefallen.''

Ich verzog das Gesicht. Er hatte recht.

„Sie kennen die LeBlancs? Ja? Oh, Sie sind ja eine Yankee. Yankees wissen nicht, was Scheiße ist, wenn sie nicht selbst reingetreten sind. LeBlanc Gas ist eine der größten Firmen an der Golfküste. Zwischen denen und den Pierces von Florette liegt ein weiter, weiter Weg. Ich hab's mit Football aufs College geschafft, hab' dann für Old Bear Bryant Football gespielt und Brigitte kennengelernt. Sie hat was für rohes Fleisch übriggehabt. Und roher als das meine hat's im Süden wohl keines gegeben, also ist sie an mir hängengeblieben. Als sie dann beschlossen hat, mich zu heiraten, hat sie mich zu Weihnachten mit nach Mobile genommen. Und da war ich dann der Koloß in Miss Effies Palast mit Kristall und Spitzen. Die haben mich gehaßt, Schrott war ich für die, und Brigitte haben sie gesagt, daß sie sie enterben, wenn sie mich heiratet. Sie hat sich eingebildet, daß sie ihren Daddy zu allem überreden könnte. Also haben wir geheiratet, und es hat nicht geklappt, nicht einmal als ich Superstar der Nation war. Für die war ich immer noch der Dreck, mit dem ich mir selbst den Hintern früher gewischt habe.‟

„Und dann hat sie sich scheiden lassen, damit sie wieder in ihr Testament reinkam?‟

Er zuckte die Achseln, eine Bewegung, die eine Gezeitenwelle über den Berg gehen ließ. „Oh, das hat wohl was damit zu tun gehabt. Klar, irgendwas schon. Aber ich war ein Wrack, und mit mir zu leben war schon ziemlich hart. Die Hölle, würde ich sagen. Selbst wenn sie von Anfang an halbwegs normal gewesen wäre, dann wäre das schiefgegangen, weil ich einfach nicht weiß, wie man ohne Football leben soll. Mir war alles andere einfach egal.‟

„Sogar der Daytona‟, mußte ich jetzt einfach sagen.

Seine schwarzen Augen verschwanden, wurden zu winzigen Punkten. „Versuchen Sie jetzt bloß nicht, mich zu schulmeistern, wo wir doch grade anfangen, uns ein wenig zu verstehen. Ich verlange ja nicht von Ihnen, daß Sie sich über mich verkorksten Sportler die Augen ausweinen. Ich möchte ja bloß, daß Sie die süße, schöne Brigitte auch mit anderen Augen sehen.''

„Tut mir leid. Es ist nur so . . . Ich werde mir nie einen Ferrari Daytona leisten können, und es kotzt mich einfach an, wenn jemand so ein Auto einfach wegwirft.''

Er schnaubte durch die Nase. „Wenn ich Sie vor fünf Jahren gekannt hätte, hätte ich Ihnen den Wagen geschenkt. Dafür ist's jetzt zu spät. Jedenfalls hat Brigitte zu lange gewartet, um einfach abspringen zu können. Sie hat immer noch mit dem alten LeBlanc verhandelt, als er und Miss Effie mit ihrer kleinen Cessna in den Golf von Mexiko gestürzt sind. Alles, was nicht festgebunden war, ging an Corinne. Brigitte als ihr Vormund kriegt einen Brocken davon ab, weil sie sich um sie kümmert. Aber wenn Corinne verschwindet, dann ist das, wenn Sie mich fragen, das Beste, was sie tun könnte. Ich mache mit Ihnen jede Wette . . . na ja, ich hab' nichts mehr übrig zum Wetten. Ich hacke mir den großen Zeh ab und gebe ihn Ihnen, wenn Brigitte auf etwas anderes als das Geld scharf ist.''

Er überlegte eine Weile. „Nein, stimmt nicht. Irgendwie mag sie Corinne wahrscheinlich schon. Oder würde sie mögen, wenn sie fünfzehn Kilo abnehmen und sich wie eine Debütantin anziehen und sich mit ein paar Rotznasen rumtreiben würde. Ich hacke mir den Zeh ab, wenn das Geld nicht die Nummer eins in ihrem Herzen ist. Sagen wir mal so.''

Ich sah ihn an und fragte mich, wieviel von seiner Geschichte ich glauben konnte. Deshalb halte ich mich in Familiendingen raus: Da hat jeder seine eigene Story, und es macht einen einfach fertig, wenn man sich dauernd die Wahrheit aus den einzelnen Stückchen zusammenklauben muß. Ich könnte mir das Testament der LeBlancs ansehen, ob die ihr Vermögen wirklich so hinterlassen hatten, wie Jade das darstellte, oder ob sie überhaupt ein Vermögen hatten. Vielleicht sog er sich das alles aus den Fingern.

„Hat Corinne mit Ihnen gesprochen, ehe sie am Montag abgehauen ist?"

Seine schwarzen Augen huschten im Zimmer herum. „Ich habe sie seit Monaten nicht mehr gesehen. Früher ist sie gelegentlich gekommen, aber Brigitte hat sich eine richterliche Anordnung besorgt. Wenn ich auf näher als zehn Meter an Corinne rankomme, werde ich verhaftet."

„Ich glaube Ihnen, Jade", sagte ich mit ruhiger Stimme. „Ich glaube Ihnen, daß Sie sie nicht gesehen haben. Aber wie ist's, hat sie mit Ihnen geredet? Am Telefon zum Beispiel."

Sein Gesicht nahm wieder diesen häßlichen Ausdruck an, und dann bebte der Berg erneut, als er lachte. „Ihnen entgeht nicht so leicht was, wie, Victoria? Sie sollten mal probieren, ein Trainingslager zu leiten. Ja, Montag morgen hat Corinne angerufen. ‚Du solltest deinen niedlichen kleinen Hintern auf eine Schulbank setzen', habe ich ihr gesagt. ‚Auch wenn du noch soviel Knete in der Familie hast, ist das der einzige Weg, um vorwärtszukommen – die kochen dich ab, daß es eine wahre Pracht ist, wenn du keine ordentliche Ausbildung hast, damit du nachprüfen kannst, was deine ganzen Berater wirklich mit dir treiben.'"

Er schüttelte wütend den Kopf. „Ich weiß, wovon ich rede. Das können Sie mir glauben. Die Anwälte, die Agenten und die Finanzberater haben's alle wie die Schweine am Trog getrieben, als ich Geld hatte. Aber als es dann Ärger gab, hat man nicht sie, sondern mich wie einen nassen Schweinebauch zum Trocknen aufgehängt."

„Und was hat Corinne auf Ihren guten Rat geantwortet?" drängte ich, bemüht, nicht zu ungeduldig zu erscheinen. Möglicherweise war ich der erste nüchterne Mensch, der ihm seit zehn Jahren zuhörte.

„Oh, geheult hat sie und gesagt, daß sie es einfach nicht mehr aushält und daß sie nach Hause möchte, nach Mobile. Und ich habe ihr gesagt, weil sie noch nicht volljährig ist und reich, werden alle Bullen nach ihr suchen und ihren Hintern einfach wieder nach Chicago zurückschleppen. Und als sie dann immer mehr aufgedreht hat, da sag' ich ihr, daß die bestimmt mir die Schuld geben, wenn ihr etwas passiert, und ob es wirklich so schlimm ist, daß sie durchbrennen muß, daß ich dafür in den Knast muß oder so. Ich hab' gedacht, das würd' sie beruhigen. ‚Du mußt das wie ein Trainingslager für Anfänger sehen', habe ich gesagt. –Da mußt du auch den schlimmsten Scheiß mitmachen, aber wenn du das überlebst, dann bist du obenauf.' Ich habe gedacht, sie hätte das geschnallt und wird bleiben."

Er schloß die Augen. „Jetzt bin ich müde, Detective. Mehr kann ich Ihnen nicht sagen. Jetzt gehen Sie, und spielen Sie wieder den Detektiv."

„Wenn sie nach Mobile gegangen ist, bei wem würde sie sich dann aufhalten?"

„Da drunten wird keiner sie nehmen, ohne Brigitte anzurufen. Ihre Jobs hängen ja praktisch alle von LeBlanc Gas ab." Seine Augen blieben geschlossen.

„Und hier?"

Er zuckte die Achseln, eine Bewegung wie ein Erdbeben, das die Gitterstangen seines Betts erzittern ließ. „Sie könnten's ja bei den Nachbarn probieren. Ich glaube, Corinne hat eine Miss Hellman erwähnt, die was für sie übrighatte."

Er öffnete die Augen. „Vielleicht redet Corinne mit Ihnen. Sie hören gut zu."

„Danke." Ich stand auf. „Und was ist mit dieser berühmten Malteser Katze?"

„Was soll damit sein?"

„Die ist gleichzeitig mit Corinne verschwunden. Meinen Sie, sie würde ihr etwas zuleide tun, um sich an Brigitte zu rächen?"

„Wie, zum Teufel, soll ich das wissen? Diese LeBlancs schrecken doch vor nichts zurück. Auch Corinne nicht. Und jetzt verschwinden Sie hier. Ich brauche meinen Schönheitsschlaf." Er schloß die Augen wieder.

„Ja, schön sind Sie, Jade. Wie wär's denn, wenn Sie Ihre alten Beziehungen ausnützen würden und irgend etwas Vernünftiges tun? Es ist wirklich eine Schande, Sie so zu sehen."

„Ich tu' Ihnen wohl genauso leid wie der Daytona,

und nun wollen Sie mich retten?" Jetzt hatte seine Stimme wieder diesen häßlichen, spöttischen Unterton angenommen. „Kommen Sie mir bloß nicht mit der guten Samaritertour, Victoria. Mein Daddy ist mit Vierzig gestorben, weil er zuviel selbstgebrannten Fusel getrunken hat. Die sagen immer, ich sei ihm wie aus dem Gesicht geschnitten. Ich weiß schon, wo's mit mir hingeht."

„Das ist ganz großer Blödsinn, Jade. Eine Menge Leute haben es geschafft. Wissen Sie, was passieren wird? Die werden einen Film über Sie drehen, und die kleinen Jungs heulen dann über Ihre traurige Geschichte. Aber wenn es ein ehrlicher Film wird, dann werden die zeigen, daß Sie in Wirklichkeit bloß ein gewaltiger Egoist sind."

Ich wollte die Tür zuknallen, aber die Hydraulik versaute mir meine Geste. „Gottverdammte Verschwendung!" fuhr es aus mir heraus, als ich durch den Korridor stampfte.

Der Stationschef hörte es. „Jade Pierce? Da haben Sie recht."

VI

Die Hellmans wohnten in einem Apartment über dem Fernsehreparaturladen, den sie an der Halsted führten. Mrs. Hellman begrüßte mich ziemlich erleichtert.

„Ich habe Corinne versprochen, daß ich ihrer Schwester nichts sage, solange sie hierbleibt und nicht versucht, per Autostopp nach Mobile zu kommen. Aber ich hab' mir doch ziemliche Sorgen gemacht. Es ist nur so, daß . . . für Brigitte LeBlanc existiere ich nicht. Meine Tochter Lily ist für sie der letzte Dreck, mit dem Corinne sich nicht abgeben soll, und deshalb ist ihr nie in den Sinn gekommen, daß Corinne vielleicht hier sein könnte."

Sie ging mit mir durch den hinteren Teil des Ladens und dann die Treppe hinauf zu ihrer Wohnung. „Wir haben hier nur fünf Zimmer, aber solange sie hierbleiben möchte, ist sie uns willkommen. Ich mache mir mehr Sorgen um die Katze: Die mag nicht hier eingepfercht sein. Dienstag nacht ist sie uns entwischt, und wir hatten schreckliche Mühe, sie wieder einzufangen."

Ich grinste innerlich: Das zum Thema reinrassiger Nachkommen, nach denen sich Joel Sirop so sehnte.

Mrs. Hellman führte mich ins Wohnzimmer, wo Corinne die Bettcouch benutzte. „Corinne, die Dame hier ist Detektiv. Ich denke, es wäre gut, wenn du mit ihr redest."

Corinne kauerte vor der riesigen Fernsehkonsole, die für das winzige Zimmer viel zu groß war. In ihrem weißen Männerhemd und den ausgefransten Blue jeans war keinerlei Ähnlichkeit mit ihrer grazilen und kultivierten Schwester zu erkennen. Ihr Teint hatte die Farbe von Schlamm, genau wie ihr ungepflegtes, gerade herunterhängendes Haar. Sie hielt Lady Iva of Cairo in den Armen an sich gepreßt. Beide musterten mich zornig.

„Wenn Sie sich einbilden, Sie können mich zu diesem widerwärtigen Miststück zurückschleppen, dann sollten Sie sich etwas anderes einfallen lassen."

Mrs. Hellman versuchte ihr Vorhaltungen wegen ihrer Sprache zu machen.

„Ist schon in Ordnung", sagte ich. „Das hat sie von Jade gelernt. Aber Jade hat jeden einzelnen Kampf gegen Brigitte verloren, Corinne. Vielleicht solltest du es auf eine andere Tour probieren."

„Brigitte hat Jade gehaßt. Sie haßt jeden, der nicht alles genau so macht, wie sie es will. Falls Sie also für Brigitte arbeiten, wissen Sie einen Dreck."

Ich antwortete auf den ersten Teil ihrer Einlassung. „Hast du deshalb die Katze mitgenommen? Damit sie keine reinrassigen Kätzchen bekommt, so wie Brigitte das will?"

Das Gespenst eines Lächelns zuckte um ihren unglücklichen Mund. Aber dann sagte sie nur: „Die haben nicht erlaubt, daß ich meine Hunde oder mein Pferd mit nach Norden nehme. Iva ist ziemlich hochnäsig, aber sie ist besser als gar nichts."

„Jade glaubt, daß Brigitte eifersüchtig ist, weil du das LeBlanc-Vermögen bekommen hast und nicht sie."

Sie schnaubte angeekelt. „Jade macht sich viel zuviel Sorgen über all den Scheiß. Daddy hat mir 'ne Menge Geld hinterlassen, aber die Firma hat Daddys Cousin Miles bekommen. LeBlanc Gas kann man nicht erben, wenn man ein Mädchen ist. Und das hat Brigitte gewußt, genau wie ich. Ich meine, das haben die uns beiden immer wieder gesagt, damit wir uns nichts einbilden. Das Geld, das die mir hinterlassen haben, soviel verdient Brigitte jedes Jahr mit ihrem Geschäft. Das Geld ist ihr egal."

„Und du? Macht es dir etwas aus, daß die Firma an deinen Cousin gegangen ist?"

Sie gab einen langen, häßlich klingenden Schnieflaut von sich – ohne Zweifel auch etwas, das sie von Jade gelernt hatte. „Wer mag denn schon eine Firma, die bloß den Golf verschmutzt und die Leute bescheißt, die für sie arbeiten?"

Ich ließ mir das durch den Kopf gehen. Mit vierzehn war das vermutlich sogar echt. „Und was ist dir dann wichtig?"

Sie sah mich mit ihren düster blickenden dunklen Augen an. Einen Moment lang dachte ich, sie würde mir jetzt sagen, ich solle mich gefälligst um meinen eigenen Dreck kümmern und zum Teufel gehen, aber da platzte es plötzlich aus ihr heraus: „Mein Pferd. Die haben das Haus Miles hinterlassen, mit meinem Pferd. Die haben sich überhaupt nichts dabei gedacht, bloß gesagt, daß das Haus und all das Zeug, das nicht ganz speziell einem anderen zugedacht war, an ihn geht. Die sind gar nicht auf die Idee gekommen, mir mein eigenes Pferd zu lassen."

Der letzte Satz ging in ein Schluchzen über, und ihr zorniges junges Gesicht zerfloß in Tränen. Ich hatte nicht das Gefühl, daß ihr in diesem Augenblick ein freundliches Schulterklopfen angenehm sein würde. Schließlich wischte sie sich mit der ausgefransten Hemdmanschette über die Nase und warf mir einen bösen Blick zu, um herauszukriegen, ob mir das etwas bedeutete.

„Wenn ich Brigitte dazu überreden könnte, daß sie Miles dein Pferd abkauft und es hier in einen Stall bringt, wärst du dann bereit, zu ihr zurückzugehen, bis du volljährig bist?"

„Das schaffen Sie nie. Niemand schafft es, dieses Miststück umzustimmen."

„Aber wenn ich es doch könnte?"

Ihre Unterlippe hing herunter. „Vielleicht. Wenn ich mein Pferd kriegen könnte und mit Lily zur Schule gehen statt in diese beschissene St. Scholastika."

„Ich werde mir alle Mühe geben." Ich stand auf. „Dafür könntest du vielleicht versuchen, Jade davon abzubringen, daß er sich zu Tode fixt. Das ist überhaupt nicht romantisch, weißt du: Es ist schrecklich und tut weh und ist so ziemlich die häßlichste Sache der ganzen Welt."

Sie warf mir nur einen finsteren Blick zu. Es ist harte Arbeit, wenn man ein Engel sein will. Die Leute mögen das einfach nicht.

VII

Brigitte war wütend. Auf ihren Wangen flammte natürliche Farbe, ihre Kobaltaugen glitzerten. Ich fragte mich unwillkürlich, ob sie etwa so ausgesehen hatte, als Jade und B. B. Wilder um sie gekämpft hatten.

„Er hat also die ganze Zeit gewußt, wo sie war! Dafür sollte ich ihn ins Gefängnis bringen. Habe ich eine Handhabe für eine Anzeige wegen Beihilfe oder so?"

„Nicht, wenn Sie vorhaben, mich als Zeugin zu gebrauchen", fuhr ich sie an.

Das ignorierte sie. „Und sie auch. Lady Iva einfach so wegzuschleppen. Daß irgendein Straßenkater sie erwischt."

Als wäre das sein Stichwort gewesen, meldete Casper of Valletta sich lautstark zu Wort und fing an, sich in den dicken, silbernen Plüschteppich zu krallen, der Brigittes Wohnzimmerboden bedeckte. Joel Sirop hob den Kater auf und redete besänftigend auf ihn ein. „Es sieht schlimm aus, Brigitte, sehr schlimm. Vielleicht sollten Sie das Mädchen nach Mobile zurückgehen lassen, wenn sie sich das so sehnlich wünscht. Nach drei Tagen, das wissen Sie ja, ist es zu spät, um Lady Iva noch eine Spritze zu geben. Und Corinne ist so wild, so unkontrollierbar – was würde sie das nächste Mal aufhalten, wenn Lady Iva wieder rollig wird?"

Brigittes Nasenflügel blähten sich auf. „Ich sollte sie in eine Besserungsanstalt schicken, damit sie einmal sieht, was Disziplin wirklich bedeutet."

„Warum, in drei Teufels Namen, reißen Sie sich denn so um die Vormundschaft von Corinne, wenn Sie an nichts anderes als an Rache denken können?" fuhr ich dazwischen.

Brigitte hörte auf, durch ihr Wohnzimmer zu wirbeln, und drehte sich zu mir herum. Sie sah mich finster an. „Nun, ich liebe sie natürlich. Sie ist schließlich meine Schwester, wissen Sie."

„Dann sollten Sie sich darauf konzentrieren. Sagen Sie es sich immer wieder vor. Sie ist keine Katze, die sie züchten und so umformen können, daß sie Ihrem Geschmack entspricht.''

„Ich will nur, daß sie glücklich ist, wenn sie einmal älter ist. Und das wird sie nicht sein, wenn sie nicht lernt, sich unter Kontrolle zu halten. Sehen Sie doch, was passiert ist, als sie anfing, sich mit solchem Gesindel wie dieser Lily Hellman herumzutreiben. Mit einer anderen Freundin hätte sie nie zugelassen, daß Lady Iva sich mit einem Gassenkater einläßt.''

Ich knirschte mit den Zähnen. „Bloß weil Lily in einer Fünfzimmerwohnung über einem Laden wohnt, heißt noch lange nicht, daß sie Gesindel ist. Hören Sie, Brigitte, Sie wollten Ihr eigenes Leben führen. Ich vermute, daß Ihre Eltern versucht haben, Sie am kurzen Zügel zu führen. Zum Teufel, vielleicht haben die Ihnen auch mit einer Besserungsanstalt gedroht. Und daraufhin haben Sie angefangen, mit jedem Muskelprotz rumzubumsen, den Sie in die Finger kriegen konnten. Sind Sie darüber jetzt so wütend, daß Sie Corinne genauso behandeln müssen?''

Sie sah mich mit aufgerissenem Mund an. Ihre Kinnladen arbeiteten, aber sie brachte kein Wort heraus. Schließlich trat sie an ein Holzschränkchen, in dem eine Bar eingebaut war. Sie zog eine gekühlte Flasche Sancerre heraus und schenkte sich ein Glas ein. Als sie es hinuntergestürzt hatte, setzte sie sich an ihren Schreibtisch.

„Liegt das so auf der Hand, warum ich hinter Jade, B. B. und all diesen Boys her war?''

Ich zog die rechte Schulter hoch. „Das war eine

reine Vermutung, Brigitte. Eine Vermutung, die nur auf dem beruhte, was ich in den letzten zwei Tagen über Sie, Ihre Schwester und Jade erfahren habe. Wissen Sie, eigentlich ist er gar kein so übler Bursche. Aber für Sie war er das ganz sicherlich. Und Corinne ist einsam und niedergeschlagen und braucht jemanden, der sie liebt. Sie hat sich dafür ihr Pferd ausgedacht."

„Und ich?" Ihre Kobaltaugen glitzerten wieder. „Was brauche ich? Soll ich mich von meiner Katze umarmen lassen?"

„Sie müssen bloß ein paar von Ihren Stachelschweinstacheln abwerfen, damit man Sie auch mögen kann. Sie hätten mir beispielsweise auch ein Glas Wein anbieten können."

Sie setzte zu einer bösartigen Erwiderung an, ging dann aber an ihren Barschrank und holte ein Glas für mich heraus. „Dann hole ich also Flitcraft nach Chicago und bringe sie in einen Stall. Und Corinne stecke ich in die schmierige städtische Schule. Und anschließend leben wir alle glücklich und zufrieden."

„Sie könnte ja dort die Abschlußprüfung machen." Ich trank einen Schluck von dem Wein. Er war kalt und fruchtig und löste ein wenig von der Spannung, die die LeBlancs und die Pierces in mir erzeugt hatten. „Wenn Sie noch ein Jahr warten, dann läuft sie das nächste Mal nicht zu Lily, sondern nach Mobile und treibt sich dort auf der Straße herum. Jetzt haben Sie noch eine Chance."

„Oh, ist schon gut", brauste sie auf. „Sie sind ja so

was wie 'ne Heilige, ich weiß schon, die noch nie zu jemanden ein böses Wort gesagt hat. Sie können Corinne sagen, daß ich mich auf den Deal mit ihr einlasse. Aber wenn das schiefgeht, dann können Sie nachts wach bleiben und sich Sorgen um sie machen."

Ich rieb mir die Stirn. „Schicken Sie sie doch nach Mobile, Brigitte. Dort gibt es doch ganz bestimmt eine Großmutter oder eine Tante oder ein ehemaliges Kindermädchen oder irgend jemanden, der sie wirklich mag. Bei Ihrer Einstellung wird Ihr Leben mit Corinne immer so etwas wie eine Bombe sein, die bloß darauf wartet, daß der Zünder hochgeht."

„Das können Sie laut sagen, Detective." Das war Jade, seine kolossale Gestalt füllte die beiden Türen zum Wohnzimmer.

Hinter ihm konnten wir die Haushälterin hören, ohne sie freilich sehen zu können. „Ich habe versucht, ihn aufzuhalten, Brigitte, aber Corinne hat ihn reingelassen. Wollen Sie, daß ich die Bullen rufe, damit die die einstweilige Verfügung durchsetzen?"

„Ich kann wen ich will in mein Haus einladen", war Corinnes halbersticktes Kreischen zu hören. Zischend und miauend riß Casper sich aus Joel Sirops Armen los. Er warf sich auf die Tür und zwängte sich durch den Spalt zwischen Jades Füßen durch. Auf der anderen Seite der Barrikade konnten wir Lady Ivas Antwort und einen Schrei von Corinne hören – wahrscheinlich hatte der Kater sie gekratzt.

„Warum treten Sie eigentlich nicht zur Seite, Jade,

damit wir auch etwas zu sehen bekommen?" schlug ich vor.

Er wälzte sich ins Wohnzimmer und ließ seine gewaltigen Massen dann auf der Vorderkante eines blaßgrauen Sofas nieder. Corinne stolperte hinter ihm ins Zimmer und setzte sich neben ihn. Vor den glatten modernen Linien von Brigittes Möbeln wirkten ihre schlammfarbene Haut und ihr schlaffes Haar noch schlimmer als in Mrs. Hellmans vollgestopftem Wohnzimmer.

Brigitte sah, wie von Corinnes rechter Hand Blut auf den Teppich tropfte, und herrschte die Haushälterin an, die in der Tür stand: „Können Sie das nicht saubermachen, Grace?"

Als die Haushälterin hinausgegangen war, wandte sie sich ihrer Schwester zu. „Das nächste Mal, wenn du so böse auf mich bist, dann laß das gefälligst an mir aus und nicht an der Katze. War das wirklich nötig, daß sie sich mit einem Straßenkater einläßt?"

„Iva ist das egal", murmelte Corinne schmollend. „Solange es ihr bloß einer besorgt, der ihr gleichgültig ist. Genau wie du."

Brigitte marschierte auf die Couch zu. Jade fing ihre Hand auf, als sie sich anschickte, Corinne zu ohrfeigen.

„Jetzt paß mal auf, Brigitte", sagte er. „Ihr zwei Mädchen gehört nicht zusammen. Das weißt du genausogut wie ich. Vielleicht glaubst du, daß du es deinem Image schuldig bist, für Corinne die Mama zu spielen, aber du bist nicht der Mamatyp. Das warst du auch nie. Warum es also jetzt versuchen?"

Brigitte funkelte ihn an. „Und du bist Mr. Wunderbar, der über alle anderen zu Gericht sitzen kann?"

Die mächtige Jadekugel, die sein Kopf war, bewegte sich hin und her. „Nee. Das behaupte ich gar nicht. Aber vielleicht würde Corinne gerne bei mir wohnen." Er hob seine mächtige Pranke, als Brigitte zum Protest ansetzte. „Nicht in der Uptown. Ich kann mir eine Wohnung hier in der Nähe besorgen. Corinne kann ihr Pferd kriegen und dich besuchen, wenn du dich genügend beruhigt hast. Und wenn deine reinrassige alte Katze ihre Bastardkätzchen kriegt, können die ja auch bei uns wohnen."

„Und Corinne bezahlt das Ganze", geiferte Brigitte.

Jade nickte. „Für den Anfang müßte sie aufkommen. Aber ich kenn' da ein paar Typen, die mir gern unter die Arme greifen würden, wenn ich etwas anfange. Rohstoffhandel, so was vielleicht."

„Du wärst doch die ganze Zeit betrunken oder vollgekifft. Und dich dann an sie ranmachen und sie vergewaltigen –" Sie brach ab, als er seine Augennummer mit den häßlichen schwarzen Schlitzen machte.

„Jetzt sagst du besser nichts mehr, Brigitte LeBlanc. Gar nichts mehr, verdammt. Wenn du willst, daß ich am Sonntag vor der versammelten Gemeinde in der Kirche aufstehe und schreie, daß ich nie einen Hintern angefaßt habe, der sich mir aufgedrängt hat, dann werde ich das nicht. Aber du weißt besser als sonst jemand, daß ich in meinem ganzen Leben nie jemanden weh getan habe. Und was das andere betrifft . . .'' Seine Augen wurden wieder normal, und seine mächtige Pranke legte sich um Corinnes Schultern. „Das erste Mal, wo ich betrunken bin oder mir einen Schuß setze, kommt Corinne sofort hierher zurück. Wir können es ja auf sechs Monate ausprobieren, Brigitte. Bloß ein Versuch. Trainingslager für Anfänger. Du weißt ja, wie das läuft.''

Der Hinweis auf Football ließ Brigittes Gesichtszüge gemein werden. Ehe sie aber etwas sagen konnte, tönte im Hintergrund Joels Stimme: „Ich finde, das ist eine gute Idee, Brigitte. Wirklich. Du solltest das wenigstens ausprobieren. Lady Ivas Nerven werden sich nie beruhigen, bei dem ganzen Streit um sie herum, wenn Corinne hier ist.''

„Dich hat niemand gefragt'', herrschte Brigitte ihn an.

„Und mich hat auch niemand gefragt'', sagte Corinne. „Wenn du nicht zustimmst, dann – dann nehme ich Lady Iva und brenne nach New York durch. Ich schicke dir Bilder von ihr mit einem Wurf Straßenkatzen nach dem anderen.''

Diese Drohung, in die sie ihr ganzes Gift hineinlegte, ließ mich vor Lachen fast ersticken. Ich nahm einen Schluck Sancerre, um mich wieder in die Gewalt zu bekommen, konnte aber einfach nicht aufhören zu lachen. Jades Berg zitterte und bebte ebenfalls vor Lachen, während Joel entsetzt den Mund aufriß. Nur die zwei LeBlanc-Frauen blieben unbewegt und funkelten einander an.

„Ich sollte dich in eine Besserungsanstalt schicken, Corinne Alton LeBlanc.''

„Beruhigen sollten Sie sich", riet ich und stellte mein Glas auf einem Chromtischchen ab. „Das ist ein gutes Angebot. Sie sollten es annehmen. Wenn Sie es nicht tun, wird sie nur wieder weglaufen."

Brigitte spannte ihren Mund zu einer schmalen Linie. „Ich habe Sie nicht engagiert, damit Sie sich gegen mich stellen, wissen Sie."

„Na schön. Sie haben mich engagiert, aber gekauft haben Sie mich nicht. Mein Job ist es, Ihnen bei der Lösung eines schwierigen Problems zu helfen. Und mir scheint das die beste Lösung zu sein, die man Ihnen je anbieten wird."

„Na schön, meinetwegen", stieß sie schließlich mürrisch hervor und schenkte sich nach. „Auf sechs Monate. Und wenn Corinnes Noten schlechter werden oder ich zu hören bekomme, daß sie trinkt oder fixt oder so etwas, dann kommt sie hierher zurück."

Ich erhob mich zum Gehen. Corinne folgte mir zur Tür.

„Tut mir leid, daß ich drüben bei Lily so unhöflich war", murmelte sie verlegen. „Wenn die Kätzchen da sind, können Sie eines haben."

Ich schluckte kräftig und versuchte zu lächeln. „Das ist sehr großzügig von dir, Corinne. Aber ich glaube nicht, daß mein Hund von einem Kätzchen besonders begeistert wäre."

„Mögen Sie Katzen nicht?" Die großen braunen Augen starrten mich gequält an. „Wirklich, Hunde und Katzen kommen sehr gut miteinander aus. Es sei denn, ihre Besitzer erwarten das nicht von ihnen."

„So wie die LeBlancs und die Pierces?"

Sie biß sich auf die Unterlippe und drehte den Kopf halb herum, dann sagte sie leicht verblüfft: „Sie machen sich doch über mich lustig, oder?"

„Ja, das tue ich, Corinne. Sei ganz ruhig. Für dich kommt schon noch alles ins Lot. Und wenn nicht, dann ruf mich an, ehe du vorschnell etwas tust, okay?"

„Und Sie nehmen ein Kätzchen?"

Sag einfach nein, Vic. Sag einfach nein. „Laß mich darüber nachdenken. Ich muß jetzt gehen." Ich floh, ehe sie meiner Entscheidung noch mehr zusetzen konnte.

Originaltitel: The Maltese Cat
Deutsch von Heinz Zwack

Carol Ellis
Die Mutprobe

„Du wirst doch nicht etwa kneifen, oder?" Jims Stimme klang höhnisch.

Phil klemmte sich die Hände unter die Achseln. „Ich denke nach", sagte er leise.

„Ach, denk nicht soviel", sagte Jim. „Tu's einfach."

Phil biß die Zähne zusammen und starrte auf die Rückfront des Hauses. Von vorne hatte er es unzählige Male gesehen, aber nie von hinten, vor allem nicht nachts.

Das zweistöckige Haus war schmal und alt. Es stand auf einer Anhöhe am Ende der Straße, ein wenig entfernt von den anderen Häusern, und hatte länger als ein Jahr leer gestanden. Heute morgen hatte dann laut Jim ein Möbelwagen davor gehalten. Die Möbelpacker hatten Kisten, Teppiche und Möbel abgeladen und waren dann wieder verschwunden. Jetzt lag das Haus wieder im Dunkeln.

„Perfektes Timing", hatte Jim heute vormittag im Klassenzimmer gesagt. „Wer es auch gekauft hat, wird heute nacht nicht da sein. Zieht wahrscheinlich morgen ein. Heute haben wir die Chance, ihm eine tolle Überraschung zu bereiten.

Was Jim sich so unter Überraschung vorstellte, war

alles andere als toll. In den letzten Wochen hatten er und seine beiden Kumpel Denny und Mike Phil gegenüber mit ihrer neusten Freizeitbeschäftigung angegeben: Sie fuhren durch die Gegend, suchten sich ein Haus aus, von dem sie sicher waren, daß niemand zu Hause war, brachen ein und nahmen etwas mit. Nichts wirklich Wertvolles wie einen Fernseher oder einen Videorecorder. Nicht einmal Geld. Nur eine Kleinigkeit – eine Vase vielleicht oder ein Foto. Etwas, das bewies, daß sie dort waren. Mit dem größten Vergnügen malte Jim sich aus, wie sich die Besitzer gegenseitig beschuldigten, die Vase verstellt zu haben, oder wie sie sich fragten, wo der kleine Porzellanhund geblieben war. Denny, Mike und er nannten den Kram, den sie mitgehen ließen, ihre Trophäen.

Phil hielt sie für verrückt, und er hatte den Fehler begangen, es ihnen auch noch zu sagen.

„Klar, aber das ist es ja gerade", war Jims Antwort. Seine braunen Augen glänzten, und er lächelte. „Es ist verrückt, es ist riskant, aber genau das ist ja der Kick, kapierst du das denn nicht?"

„Nee, er kapiert's nicht, Jim", sagte Mike. „Für Phil bedeutet Risiko, einmal seine Hausaufgaben nicht zu machen. Für so was wäre er doch viel zu feige."

Denny kicherte.

„Wäre ich nicht", sagte Phil, ohne nachzudenken.

„Ach, nein?" Jims Lächeln verwandelte sich in ein breites Grinsen. „Dann beweis es, Phillie. Heute nacht."

Phil hätte noch aussteigen können, aber er tat es

nicht. Er hatte Jims Herausforderung angenommen. Und da war er nun, er stand an der Rückfront des Hauses und versuchte sich einzureden, daß es die Nachtluft war, die ihn zittern ließ.

Jim stieß ihn mit der Schulter an. „Mach schon", zischte er. „Jetzt zeig mir mal, wie mutig du bist, Phillie. Es ist doch nur ein leeres Haus."

Phil stieß ihn zur Seite und bahnte sich seinen Weg durch die Hecke in den Garten. Der Garten war verwildert, und überall lag trockenes Laub verstreut, das unter seinen Schritten raschelte. Phil heftete seinen Blick auf die Hintertür und versuchte, die Geräusche zu ignorieren, die er erzeugte. Er sagte sich immer wieder, daß niemand zu Hause war und es keine Nachbarn gab, die ihn hören konnten.

Als er die hölzernen Stufen zur Hintertür erreichte, blieb er stehen und sah über die Schulter zurück. Jims Gesicht war ein blasser Fleck am anderen Ende des Gartens. Er beobachtete Phil und wartete nur darauf, daß er das Weite suchen würde.

Phil setzte einen Fuß auf die unterste Stufe, dann langsam den anderen. Das Holz knarrte, als sich sein Gewicht verlagerte, und sein Herz klopfte so heftig in seiner Brust, daß ihm ganz schwindlig wurde.

Bei den nächsten beiden Stufen blieb es ruhig. Als Phil den Griff der vergitterten Außentür mit den Fingern umschloß, rann ihm schon der erste Schweiß über den Rücken und die Schläfen. Behutsam zog er an der Tür, und sie öffnete sich mit einem lauten Quietschen. Phil atmete heftig aus. Sein Rücken und das Gesicht glänzten vor Schweiß, doch sein Mund war so trocken, daß er kaum schlucken konnte.

Er zählte langsam bis zehn und lauschte. Irgendwo in der Ferne bellte ein Hund, Blätter und Äste raschelten im Wind.

Vorsichtig drehte er am Griff der Innentür. Er bewegte sich mit einem lauten Knacken, das wie ein Feuerwerkskörper klang, und die Tür schwang nach innen auf. Sie hatten vergessen abzuschließen.

Hastig griff Phil nach der Tür, bevor sie gegen die Wand schlug. Seine Knie fühlten sich ganz weich an. Gespannt lauschte er in die Stille. Der Hund bellte nicht mehr. Phil hörte nur den Wind und seinen Herzschlag.

Bring es hinter dich, dachte er. *Geh einfach rein, und bring es hinter dich.* Er wandte sich zur Seite, hielt sich an der Tür fest, schlüpfte durch die schmale Öffnung und stand in völliger Dunkelheit. Er war drinnen.

Regungslos stand er da und lauschte. Ein Ast streifte das Dach. Sein Herz pochte in seinen Ohren. Das gleichmäßige monotone Ticken einer Uhr.

Phil öffnete die Tür ein wenig mehr und machte erst einen Schritt, dann noch einen. Der Boden unter seinen Turnschuhen war hart. Kein Teppich, der seine Schritte dämpfte. Er konnte immer noch nichts sehen. Er streckte einen Arm aus, ließ die Hintertür los und machte einen dritten Schritt.

Der Boden knarrte, und er blieb abrupt stehen. Da war ein Klicken, und Phil stieß den Atem laut aus; er wollte sich schon umdrehen, bereit wegzulaufen. Aber auf das Klicken folgte ein tiefes mechanisches

Brummen, und auf einmal wußte er, was es war. Der Kühlschrank. Allerdings nicht hier, sondern in einem anderen Raum des Hauses.

Phil machte noch einen Schritt. Seine ausgestreckte Hand stieß gegen etwas. Er zog sie zurück, streckte sie dann aber wieder aus. Es war ein Karton, vielleicht ein ganzer Stapel. Vorsichtig befühlte er die Kanten des obersten Kartons. Die Seitenklappen waren nach innen geschlagen, aber er mußte sie nur auseinanderreißen und den ersten Gegenstand herausnehmen, den er zu fassen bekam.

Langsam hob er die Ecke einer Seitenklappe an. Die Pappe quietschte. Phil zuckte bei dem Geräusch zusammen, schnell zog er alle Klappen auf einmal auseinander und faßte mit der Hand hinein. Seine Finger schlossen sich um einen glatten, quadratischen Gegenstand. Er hatte keine Ahnung, was es war, aber das war ihm egal. Jetzt konnte er wieder hinaus.

Er drehte sich um und machte einen Schritt vom Karton weg. Der Boden knarrte erneut. Plötzlich verschwand die Dunkelheit. Durch eine andere Tür drang Licht in den Raum, und ein Schatten, ein menschlicher Schatten, wurde drohend an der Wand sichtbar.

„Wer ist da?" rief eine Stimme. Es war eine weibliche Stimme, angsterfüllt, aber dennoch fest. „Ist da jemand?"

Noch ehe die Frau dies ausgerufen hatte, war Phil schon durch die Hintertür und stolperte die Stufen hinunter. Er rannte über die raschelnden Blätter, stürmte durch die Hecke und stieß einen Angstschrei aus, als eine Gestalt vor ihm auftauchte.

„Hey, Phillie!" Jim streckte seine Hand aus und hielt ihn am Arm fest. „Warum so eilig?"

„Da drin war eine Frau!" keuchte Phil. „Du hast gesagt, das Haus steht leer!"

„Falsch. Ich hab' gesagt, es ist wahrscheinlich leer." Jim beugte sich zu ihm. „Hey, ich dachte, du wärst mutig, aber du siehst aus, als würdest du dir gleich in die Hosen machen. Laß uns besser nach Hause gehen." Er lachte leise, streckte blitzschnell die Hand aus und griff nach dem Gegenstand, den Phil aus dem Karton genommen hatte. „Danke für die Trophäe", sagte er. Dann rannte er weg und ließ Phil alleine nach Hause laufen.

Erst am nächsten Morgen, als sie in der Klasse auf den Lehrer warteten, sah Phil, was er gestohlen hatte. Es war eine kleine Holzplatte, in die ein Tennisschläger geschnitzt war. Auf dem Metallstreifen am Fuß waren die Worte „Doppel. 1. Platz. Eva Morrisey" eingraviert.

Jim hatte sie vor Phils Gesicht hin und her geschwenkt, als er gekommen war. Nun hockte er mit Denny und Mike zusammen und stellte sich als den Helden dar. „Das war echt klasse!" prahlte er. „Ich konnte sie schnarchen hören, als ich in der Dunkelheit herumgeschlichen bin. Ich war sogar im ersten Stock. Ich dachte, ich könnte vor dem Bett einen Hausschuh wegnehmen oder so etwas, aber ich wollte mein Glück nicht herausfordern." Er lachte. „Dann eben beim nächsten Mal, ganz bestimmt."

Denny und Mike grinsten und schüttelten bewundernd die Köpfe, dann sah Jim Phil an. „Nicht schlecht, was?" sagte er. Er wandte sich wieder seinen Kumpeln zu. „Phillie hat natürlich gekniffen, war ja zu erwarten."

Phil wollte etwas sagen, ihnen erzählen, daß Jim ein Lügner war, aber als er seinen Mund öffnete, kam auch schon die Lehrerin hinein.

Sie ging auf ihr Pult zu und lächelte in den Raum hinein. Dann wandte sie ihre Schritte in die Klasse.

Sie blieb vor Jim stehen. Ihr Lächeln war verschwunden. Mit einer Stimme, die Phil schon einmal gehört hatte, sagte sie: „Ich bin eure Vertretung heute morgen. Ich bin Miss Morrisey." Sie nahm Jim die Platte aus der Hand, sah sie an, dann schaute sie wieder zu Jim. „Eva Morrisey", sagte sie.

Originaltitel: The Dare
Deutsch von Angela Troni

Margaret Maron
Schritte am Strand
TB 25120-1

Nach »Schleichendes Gift« und
»Die Schatten des Südens« nun
ein dritter spannender Deborah-
Knott-Krimi von Margaret Maron.

Das erholsame Wochenende der
Richterin Deborah Knott ist vorbei, als sie die Leiche eines
Fischers findet. Konfrontiert mit
dem Konflikt zwischen Dorfbe-
wohnern und den neureichen
Wochenendtouristen, die die
Küste als ihre Spielwiese und persönliche Goldmine betrachten,
erkennt Deborah, daß der Tod des
Fischers mit den nahenden Verän-
derungen in Verbindung steht.
Doch nicht nur das Leben der
Dorfgemeinschaft, der Seetau-
cher und der Wasserschildkröten
ist in Gefahr, sondern auch ihr
eigenes ...

»Margaret Maron ist eine der bes-
ten Autorinnen im Krimigeschäft.
Lesen Sie sie! Das ist ein Befehl.«
Elizabeth Peters

ECON TASCHENBÜCHER

ECON

Michael Dibdin
Schmutzige Tricks
TB 25143-0

Dennis und Karen führen ein
Leben mit Stil – bis Karen eines
Tages einen ihrer Dinnergäste in
der Küche verführt. Die Kette der
Ereignisse, die damit ins Rollen
kommt, führt schließlich zu rück-
sichtslosem Mord…

»Eine tödlich komische schwarze
Komödie über Ehebruch.«
The Observer

»Ein äußerst böses Buch, das
gleichzeitig ungemein komisch
ist.«
Der Tagesspiegel

Michael Dibdin
Schmutzige
Tricks
Krimi
ECON

ECON TASCHENBÜCHER   ECON

Giuliana Broggi Beckmann
(Hrsg.)
Mord in der Firma
TB 25128-7

Giuliana Broggi Beckmann (Hrsg.)
**Mord in
der Firma**

H. J. Martin
Dorothy Sayers
Ruth Rendell
Tohru Myoshi
Joan Richter
Dashiell Hammett
Felix Huby
Jan Willem van de Wetering
Simon Brett
Sir Arthur Conan Doyle
Eitaro Ishizawa
Arthur Morrison

ECON

Leichen auf Büroschreibtischen,
tödliche Verführungen in Firmen-
fluren und mörderische Finanz-
transaktionen ...
Diese Anthologie zeigt einmal
mehr, welche gefährlichen Orte
Firmen jenseits des friedlichen
Arbeitsalltags sind: persönliche
Intrigen, Korruption, Unterschla-
gung großer Summen, die Beseiti-
gung unerwünschter
Anverwandter nach Manage-
mentregeln und zahlreiche Leichen inbegriffen ...

ECON TASCHENBÜCHER

ECON